李國修
戲劇作品集 19
Collected Plays of Hugh K.S. Lee

徵婚啟事

徵婚啟事　目錄

序

徵婚啟事

附錄

序

創意達人李國修的創造力歷程

吳靜吉
政大創造力講座主持人／名譽教授

李國修劇作集系列套書終於在引頸期盼下出版了。

累積二十六年創作及其演出的作品，在整個世界尤其是華人社會特別重視創意、創新和創業精神的創造力之今天，意義非凡。每一部作品都是從創意的發想啟動然後創新實踐地完成劇本寫作，而每一齣戲的製作演出都是創新的冒險，必需經過觀眾、票房和劇評家的重重考驗。在一個多數決策者、社會菁英和一般民眾，並沒有把觀賞舞台劇表演當作文化認同的養份之台灣，考驗更難、冒險更大。

李國修構思屏風表演班創團經營二十六年至今，我們可以從他作品中感同身受他創業的酸甜苦辣，所以他說：「一個戲班子在舞台上搬演一齣戲，戲裡戲外都在反映戲台下的人生即景。我喜歡在舞台上藉一個戲班子的故事影射台灣這個社會；我偏好『戲中戲』的題材，因為我始終認為舞台上戲班子的人情世故就是這個時代的縮影。」

李國修是一個創意無限、執行力強的劇作家，每一個劇本的演出，他同時扮演導演和劇團領導人等等的多重角色，和歐、美、日、中、韓不必扮演多重角色的劇作家不同，他卻能在二十六年內完成二十七部劇作而且部部呈現在觀眾眼前。這樣的創作流暢力真的是奇蹟，他每一部作品都是獨創而有意義的創意構思，以《京戲啟示錄》為例，他可以流暢地創意組合「一位堅持做手工戲靴的父親。一個亂世中企圖重振頹勢的戲班子。一段探索父子、傳承、戲劇與人生，令人神往的故事。」這麼多複雜元素的創意組合，他卻成功地將故事敘說得合情合理，令觀眾感同身受而流淚、回憶反思而讚嘆。

李國修的作品都能夠重新詮釋自己成長記憶中的生命故事，選擇性地反映社會樣貌，他的自我反思、對社會的關懷、對戲劇的激情、理性和感性兼具的創作表現、對複雜元素的抽絲剝繭再統整發展的素養、舉一反三的學習能力、落實的想像力、忍得住創作的寂寞又能堅持原則、抗拒外在誘惑的毅力樣樣難能可貴，這樣的李國修就是研究創造力的學者專家所描述的創意人。

他戲劇的另外一個特色就是悲喜交集的故事發展，他的幽默和笑點的掌握、文字的運用、人物的刻劃和劇情的結構，我們也可以因此稱他為說故事的奇葩。

他的創作歷程體現了王國維在《人間詞話》中所謂古今之成大事業、大學問者，必經過三種之境界。

「昨夜西風凋碧樹。獨上高樓，望盡天涯路。」

「衣帶漸寬終不悔，為伊消得人憔悴。」

「眾裡尋他千百度，回頭驀見，那人正在燈火闌珊處。」

台灣戲劇的發展，急需更多的好劇本，只當劇作家很難生存，集編導於一身加上領導一個戲劇團體又能在二十六年中創造二十七部好劇本實在難上加難，但李國修做到了。希望這二十七部的劇作集能夠讓華語的戲劇界增添演出選擇的機會和戲劇教育中學習探究的教材。

經典堆疊起一座如高牆的屏風

廖瑞銘
中山醫學大學台灣語文學系教授兼通識中心主任

「國修要出劇本全集了！」這是台灣現代劇場的盛事，也是文學史上的大事。二十六年來，屏風表演班每年發表一至二齣新作，建立「以戲養戲」的營運模式，2005年以後，更以舊作做經典定目劇場的演出，為台灣現代劇場史創下許多傳奇的記錄——單一劇團演出總場次之多，累積觀眾人次之多，劇作重演次數之多，最重要的是集編導演於一身的單一劇作家創作量之多——這些記錄使屏風／李國修成為台灣劇場活動中的佼佼者。

李國修劇作從初期的小劇場實驗劇、小說改編的劇作發展到大劇場寫實劇，作品的題材、形式及風格都有不斷地突破與創新。總的來說，國修的劇作有以下幾項成就，這些成就堆疊起來一座如高牆的屏風，格局壯麗雄偉，戲劇風格辨識度極高，讓後來者很難超越，更無從模仿。

一、與時代同步發展，與觀眾沉浸在共同的歷史情境，關懷國族與土地。

李國修堅持原創實驗、本土庶民的創作精神，每一齣作品都是台灣現代人民生命歷史的記錄。早期「備忘錄系列」──《民國76備忘錄》、《民國78備忘錄》以年度時事做素材，「三人行不行系列」──《三人行不行I》、《三人行不行II─城市之慌》、《三人行不行Ⅲ─OH！三岔口》、《三人行不行IV─長期玩命》、《三人行不行V─空城狀態》等，是從時事及城市現象觀察出發，講當代台灣人的政治、社會態度。《我妹妹》講眷村故事、《蟬》講六〇年代台北文藝青年、《女兒紅》及《京戲啟示錄》講經歷1949年國共變局的家族故事、《六義幫》回憶六〇年代中華商場的兒時情境、《西出陽關》講老兵的故事，《救國株式會社》諷刺台北的治安、媒體，《太平天國》講台灣人在世紀末的恐慌與焦慮。

二、創造戲劇角色典型，精確掌握人性。

李國修在每一齣戲都創造各式各樣的角色典型，藉著這些典型來舖排人世間的親情、愛情與人情義理。這些典型的角色也都是你我生活週遭常見人物的寫照，像《三人行不行Ⅲ─OH！三岔口》的郭父，是常見的台灣歐吉桑，講求實際利益、又有情有義；他的女婿Peter就是十足投機的年輕商人。《西出陽關》的老齊是戰後到台灣的老兵典型。《徵婚啟事》講到更多台灣寂寞男人的典型。創造這些角色典型，顯示國修對於人性掌握的精確、細微。

三、精巧建構「李氏戲劇結構學」，穿越時空。

李國修在每一齣劇本都附上獨特的場次、角色結構表，這可以說是他的獨門絕學——「李氏戲劇結構學」。這種精巧建構的「劇場結構」成就了李國修劇作的劇場形式不斷地實驗與創新，戲劇情節可以在不同的時空靈活流動、穿越，增加戲劇張力與敘事多樣性。

四、編導演一體成型的全方位戲劇藝術，劇本有畫面，是一座紙上舞台。

李國修劇作的另一個特色是「編導合一的戲劇創作觀」，他的劇本絕對不會是單純的書齋劇，每一本都具有劇場可演性，而且都是自己擔綱演出過。也因此，國修在劇作中不時表達他對劇場生態的關懷及經營劇團的甘苦經驗。像「風屏劇團系列」多次呈現經營劇團的困境；《徵婚啟事》也是鑲進「某劇團」的排演過程，以增加戲劇張力。

五、走出書齋，與觀眾同喜同悲，超越商業票房意義。

雖然屏風曾經有票房悽慘，甚至出現經營危機的時候，但是，大部份的演出都是有亮麗的票房記錄，說明李國修的劇作所具有的商業魅力。這種魅力更精確的解讀是，李國修每一齣劇作都能夠走出書齋，與觀眾同喜同悲。李國修隨時與觀眾做時代對話，即使是舊作重演，都一定要與時俱進的修改後，才推出演出。

六、多語言的戲劇美學，突顯台灣多元文化的特色。

因為每一齣戲都從實際生活中取材，創造不同的角色典型，李國修堅持讓角色自己說話，所以，在他的劇作中自然出現多語言的對白，有國語、閩南語、客語、山東話、上海話、英語、日語、香港廣東話、新加坡華語……等，不但使得劇中角色鮮活、增加戲劇趣味性，也無意中突顯了台灣多元文化的特色。

七、台灣文學與戲劇的交會，豐富台灣文學史的戲劇區塊。

李國修崛起於八〇年代中期，其戲劇作品一定程度反映了台灣的土地與人民，延展出的多面性與時代意義，不僅提供外省族群在台灣生活的觀察視角，也使作品成為帶有「本土化」色彩的另類歷史文本。尤其是李國修的作品相當程度擺脫了戰後台灣外省人文學常有的哀愁基調，相對展現出不同的意義格外值得我們重視。

將李國修的劇作放進台灣文學領域來觀察，可以為戲劇文學創作開創新的閱讀視野，值得一提的是，李國修曾經從三本不同時代的台灣小說作品——林懷民的《蟬》、陳玉慧的《徵婚啟事》及張大春的《我妹妹》——改編成舞台劇上演，創造了戰後台灣文學與戲劇的交會，同時豐富了台灣文學史的戲劇區塊。

李國修的作品曾經以戲劇文學的身份被放入台灣文學的領域來討論，並獲得肯定，在1997年以《三人行不行》系列作品獲頒第三屆巫永福文學獎，也因此使戲劇文學連帶受到重視，提昇了地位。如今，李國修出版劇作全集，充分展現了他在戲劇創作的質與量的驚人成就，可以當做台灣現代劇場運動的實踐成果，看到他在台灣劇場史的地位，也驚艷台灣戲劇文學的經典呈現。

手心會冒汗

李國修

自序

從來沒有人教我如何寫劇本

1986年10月6日，屏風表演班創建。

創團作品——《1812與某種演出》一齣肢體語言實驗劇，在我規劃與引導之下的集體創作。當時的社會環境與氛圍，小劇場創作必須有別於商業劇場，我也依循著前人的模式，自以為是地繼承了實驗劇場的精神。一、脫離一切戲劇形式（不在劇場裡說故事）。二、表達新的戲劇方法（簡約、抽象、或寫意的語言、肢體與主題）。三、過程大於結果（支離破碎的思想、浮光掠影的想像、漫無邊際的形式）。四、只要盡興（創作者自我滿足與集體自我陶醉）。

在實驗的大旗下，《1812與某種演出》首演五個場次，約五百人次觀賞，我確定沒有一個人看懂這齣戲。事實上它不是一齣戲，它由兩個部份組成。《1812》用柴可夫斯基〈1812序曲〉為背景音樂，以集體肢體演繹在城市裡有著一股壓抑著現代人生存的隱形暴力，讓人喘不過氣。《某種演出》採擷了三個歷史殘篇——〈三娘教子〉、〈十八相送〉、〈十二金牌〉在同一時空壓縮並陳，旨在陳述城市中處處充滿不安的危機、殺機與轉機。

我必須承認，我有包袱，一開始我以為做劇場就該承接前人的使命——劇場是嚴肅的、劇場是深沈的、劇場是探索思想的殿堂、劇場是不能提供娛樂的殿堂、劇場是與觀眾鬥智的場域、劇場是不能做讓觀眾看得懂戲的場域、劇場是批判政治亂象的最後一塊淨土……於是，那個年代小劇場的作品內容多半都是嚴肅、沈悶、闡述思想、批判政治、嘲諷時事。有些作品內容甚至已經漫無主題，不知所云。是的，我也承接了這樣的包袱。

創團作品首演之後，我必須承認我很沮喪。我問自己，為什麼要在劇場做戲？為什麼要在劇場做一齣讓觀眾看不懂的戲？看著觀眾搖頭嘆息地走出劇場，我的心情是低落的、不安的、自責的……

我有勇氣寫劇本

在那個年代，我找不到一個劇本書寫格式的範例，也找不到關於編劇技巧的工具書，我只能硬著頭皮鼓足勇氣，走進書房攤開稿紙，寫了屏風第二回作品《婚前信行為》。我想像即將新婚的妻子在婚前去找他的前男友，最後一次求歡以結束這段難忘的戀情。不巧，前男友的老友來送喜帖，赫然發現他的新嫁娘也在現場。藉著這個作品，我試著向實驗劇場劃清界線。我要說一個故事，我以為觀眾進劇場，至少他們可以看見一個故事，一個可能與他成長經歷有關的故事。但我承認我還有包袱，我似乎不由自主地在戲裡灌進了一點故作批判社會的主題。在故事中，我刻意讓準新娘在中途脫離劇情，硬逼兩位男主角對社會不公不義現象表態，演出因而暫停，劇情因此而停滯。

三個演員不能解決與本劇無關的社會亂象，最終他們還是回到劇情裡演完了他們的故事。《婚前信行為》發表之後，我依然忐忑不安，我知道，我的故事說的並不完整，劇中的角色並不真實可信。

其實我不擅長說故事

1982年~1984年，我在華視，小燕姐（張小燕）主持的《綜藝100》演短劇，也編劇，1985年，我與顧寶明合作《消遣劇場》綜藝節目，身兼短劇編導演，這樣的背景；是我在屏風創作喜劇的養分，有其優點也有缺點。

優點是，我的喜劇就是很好笑，我有瘋狂的想像力，我有許多荒謬的點子，我喜歡運用各種看似平淡無奇的元素重組成充滿趣味與諧謔的喜劇情境。缺點是，沒有深度，主題薄弱，人物缺少靈魂、思想、慾望甚至目標。屏風第三回作品《三人行不行I》、第五回作品《民國76備忘錄》、第六回作品《西出陽關》、第七回作品《沒有我的戲》、第九回作品《三人行不行II—城市之慌》、第十三回作品《民國78備忘錄》等，在屏風創團的前三年，不難發現都是短劇集結的作品，他們共通點是——每一齣戲都沒有一個完整的故事。坦白說，我還不知道如何組織一個好故事，我還沒有能力說一個超過兩小時的長篇故事，創團前三年我只能發揮編導喜劇的專長，在小劇場裡搬演，也戲稱自己在小劇場裡練功。我練導演功，也練編劇功。在小劇場裡，我的導演調度處理過一面觀眾席，兩面觀眾席，三面觀眾席。在編劇部份，我不斷地探索喜劇的可能性，演員面對角色創造的最大極限。於是在一齣戲裡，一人飾演多角，成為我作品的特色，在編劇技巧的自我修練中，竟也無心插柳地走出自己的風格。

其中，最令我自豪的部份是——堅持原創。我認為選擇一個翻譯劇本演出，是便宜行事，是二手創作。我自信創作的素材就在身邊，就在自己腳踩著的這片土地上。

自由自在的飛

我是摩羯座，我很守法，我很守規則。做任何事之前，我總想知道規則是什麼？遊戲怎麼玩？在遊戲中的危險程度是什麼？遊樂場到底有多大？當我熟悉了整個遊樂場的環境，我玩遍了所有的遊戲，我深入瞭解了規則的原理之後，我成為最不守規則的人。我決定自闢一個遊樂場，建立起自己的規則，我邀請大家進入我的遊樂場展開一場驚奇的旅程。

我破壞了規則，建立自己的規則，在我的作品中，逐漸顯現我人格上這樣的特質。誰規定劇本創作，只能獨立成個體？我硬是創作了《三人行不行》系列，第一～五集；風屏劇團系列，三部曲加李修國外傳《女兒紅》；誰規定在劇場的演出結束後，才能謝幕？我在《莎姆雷特》裡硬是把謝幕放在戲的開始。誰規定鏡框式的舞台就該墨守成規，框架成一個場景情境的場域，我在《六義幫》裡就要去除兩邊的翼幕，讓故事在舞台上任意穿梭。魔羯就是這樣——認識規則，遵守規則，破壞規則，建立自己的規則。目的只有一個字——「飛」！自由自在地飛！

小劇場是大劇場的上游

第十一回作品《半里長城》，是屏風創團兩年半之後，首度登上大劇場的作品。《半里長城》風屏劇團首部曲，這齣戲中戲裡有兩個故事，一是風屏劇團團員的分崩離析、兒女私情；一是呂不韋由商從政的稗官野史。劇本的結構原型部份靈感源自於《沒有我的戲》。兩齣風格、內容、形式完全不相同的作品，都是在演出進行過半之後，竟宣告全劇將正式開演。是的，我在小劇場練功，累積了我躍上大劇場創作的養分，我鍾情於小劇情的無拘無束，我想念在小劇場裡拼鬥的日子。

回憶起童年，記得在小學三年級，某一個週日，我好奇地拆開了一只鬧鐘，我想研究內部的機械構造究竟是什麼樣的零組件，可以讓分針、時針移動，還會響鈴？一個下午將近五個小時。最終，我無法組裝成原樣，桌子上多了一些小齒輪、彈簧片。我知道這只鬧鐘不會再響，第二天上學也足足遲到一個小時。兩個禮拜之後，我再度拆開那只鬧鐘，我不相信它會毀在我的手裡。同樣也是五個小時，少年的我，才知道「皇天不負苦心人」這句話的真諦。鬧鐘復活了，只是響鈴的聲音比從前的音量低了一倍，我深深地憶起當時在組裝時手心不停地冒汗。

完成了《半里長城》裡的《萬里長城》劇本時，我知道我不會讓戲就這麼平鋪直述的演完，我不安分，我不守規則，我在書房裡，想像讓自己回到了小劇場，讓自己回到了童年，我要無拘無束，我要拆鬧鐘，我十分用力地拆解了《萬里長城》的劇本，重新組裝成情境喜劇《半里長城》。我努力地找到了自己編劇的方法，找到了自己說故事的方式，我越來越喜歡把簡單的人事景物情搞成複雜的結構，原來和我童年拆鬧鐘的個性相關。

什麼先行？

我深信一個好的戲劇作品，應該具備四個精神：一、對人心現象的呈現及反省。二、對人性的批判或闡揚。三、對人性的挖掘及程度。四、技巧與形式的講究。

在我面對每一個作品創作前，一定會有一個念頭閃過腦海——什麼先行？也可以說原始靈感來自何方？是感動？是一首歌？一幅畫？一種情境？……我的每一齣戲靈感來源都不盡相同，在創作每一齣戲隨著年歲閱歷的增長，所投入的情感也越加濃郁，從創作中也逐漸梳理出自己的信仰。每齣戲有了靈感之後，會問自己兩個問題：一、為什麼要寫這齣戲？二、這齣戲跟這個時代有什麼關係？這幾年我更聚焦在作品裡呈現生命的故事……

述說生命的故事

1996年屏風十週年推出《京戲啟示錄》是我創作旅程中的轉捩點作品。平心而論，在《京》戲之前我的作品多是純屬虛構，純賴想像力完成的故事，直至四十而不惑的我，才驀然回首我的前半生，尤其在屏風那十年裡，我僅只是透過作品表達我對生活的看法及態度，也可以說那些作品故事鮮少涉及我自身成長經驗。

創立屏風後，我攜家帶眷、拉班走唱了十年，回首故往，泫然淚如雨下。原來，作劇場的那股拼鬥的傻勁，全是源自於我父親對我的影響，我感受到了那股傳承的精神與壓力。我坦然自省，我勇敢面對，懷著虔誠與虛心的態度，我認真地面對了「生命」，我開始意識到了生命的可貴、傳承的意義以及堅持地走自己的路是面對人生唯一的執著！在《京戲》劇本落筆之前，我哭掉了兩盒面紙，我也預知多年以後，我將為母親寫一個故事《女兒紅》。自《京戲啟示錄》以後，我也開始學會在舞台上更深刻地呈現生命的故事。

當我在組合鬧鐘，我相信鬧鐘會讓我修復的時候，我的手心會冒汗；當我落筆寫下讓我悸動不已的劇本時，我的手心也會不斷地冒汗。這些劇本是：《西出陽關》、《京戲啟示錄》、《三人行不行IV—長期玩命》、《我妹妹》、《婚外信行為》、《北極之光》、《女兒紅》、《好色奇男子》、《六義幫》。

2013年，屏風表演班將邁入第二十七年，踏過了四分之一世紀。

感謝印刻協力集結了我二十七個劇本，將之付梓面世。

感謝父母給了我生命，

感謝王月、Sven、妹子和我的家人，

感謝吳靜吉、張小燕、林懷民、陳玉慧、張大春、

廖瑞銘、紀蔚然，

感謝指導、協助我創作的親朋好友，

感謝在我劇本裡出現的每一個人物。

如果你要問我，在這廿七個劇本裡，

你最滿意的作品是那一個？

我的回答，從來沒有改變過——

「我最滿意的作品是 下一個！」

徵婚啟事

徵婚啟事

S21 業餘棋士
男主角：……從鏡子裡看妳，妳真的是一個撲朔迷離的女人。

編導的話

演好自己

李國修

現代飲食男女在人生旅程中，佔據生命最重要的課題依然是「愛情」與「婚姻」——千古不變！

屏風定目劇《徵婚啟事》（幸福版）第三度搬上舞台。全劇以戲中戲的形式，外層敘述徵婚女子嚮往婚姻並與二十名應徵男子的會面和追尋過程；內層以舞台上「某劇團」女主角為主軸，刻畫周遭人際耽溺於愛情與婚姻的掙扎與困境。不論內、外層的情節、表或裡的故事，都呈現出饒富趣味與深沉情事彼此以不工整的對應關係。猶如「鏡象原理」般，反射出真實與虛假、愛情與婚姻之間的混淆邊界。

幸福版的《徵婚啟事》比較前兩度的搬演（1993年首演版、1998年華麗版），在劇本上重新修潤了局部內容。基於時代的變遷，社會的脈動、原本涉及嘲諷意識型態的象徵角色——某官員、某警衛、某學者，全數刪除。著墨較多在二十名應徵男子的角色形貌，並定焦於愛情與婚姻關係的描繪，期使題旨相符相扣。

我喜歡看電影。在鏡框舞台的劇場裡，某些作品我偏好以「電影語言」，處理氛圍調度。

燈光暗，燈光再亮。或者可以表示上一場結束，這一場開始。為了突顯戲與戲中戲的曖昧、混淆、無界限，在數個轉場之間，刻意不暗燈，直接讓戲外介入者中斷《徵婚啟事》彩排進行。我想說，《徵》劇的風格「很電影」。只是，舞台上的場景並不寫實（也不真實），舞台上的燈光「很劇場」。舞台上的音樂、音效「像電影」。舞台上唯一的真實是服裝造型、是角色關係、是故事情節。是的，舞台上有些是假的、有些是真的；有些是虛的、有些是實的。在真假虛實之間，將《徵婚啟事》當成電影看？當成舞台劇看？還是當散戲離開劇場後，重新回味舞台上的故事？在回家的路上重新觀照自己面對「愛情與婚姻」的能力與態度？

《徵婚啟事》幸福版——原著、編劇、導演，或許只提供了十分之一的底基工程。是屏風全體演職員共同成就了這齣戲！所謂的「幸福版」是指「觀眾是幸福的」。

故事，都有結局。在大幕落下之後，迴盪在我腦海的是女主角的最後一句台詞：「我演好了我所有的角色，卻唯獨沒有演好我自己」。

解決「愛情與婚姻」之間的逆境，唯一的一條路，我想，應該是——演好自己！

（載自2002年4月屏風表演班《徵婚啟事》幸福版演出節目冊）

劇本閱讀說明

《徵婚啟事》
劇本內容由以下幾個部分組成：

1、關於《徵婚啟事》之戲中戲結構

所謂戲中戲，指的是在《徵》中呈現「某劇團」正在彩排《徵婚啟事》的故事，故全劇有兩層的扮演關係。這兩個故事彼此之間互有連結，角色關係互相呼應，戲裡戲外的事件猶如鏡子反射，故角色的名字就是演員的本名。「戲中戲」的結構通常也被運用做為「後設劇場」（metadrama）的手法，所謂的「後設劇場」簡單的來說就是「藉由戲劇的形式，來討論戲劇本質」。

2、場次說明

說明各場次的時間、場景、角色。

2.1　情境說明

說明「某劇團」在彩排進行中所排演的段落，以及使彩排中斷的突發狀況。

例如S4：

情境：

某劇團進入彩排第二場〈企圖離婚的男人〉，某某人（送便當者）卻因滯留在舞台上，差點中斷彩排。

2.2 角色稱謂

劇中角色的稱謂刻意使用演員真實的性名，藉以模糊戲劇與人生之間微妙的界線。例：演員本名為李國修，於《徵婚啟事》中亦名為「李國修」，當他在飾演劇中的二十個男子時，則以該男子代號稱呼之，例：企圖離婚的男人、大學教授；當某劇團因外人闖入、技術故障等意外狀況導致彩排中斷，則改以「男主角」稱呼之。

3、舞台指示

3.1 以△或（ ）表示。舞台劇場技術性調度之指示，如投影字幕、燈亮／暗、燈光變化、中場休息、佈景升降等。

3.2 劇本中，描述場景空間之舞台左、右側，係以觀眾（或讀者）面對舞台之左、右方向為準。

4、演員戲劇動作與情緒指示

4.1 以△表示。場上演員主要戲劇動作之指示，例如上、下場、哀求、大喊、竊笑等戲劇動作。

4.2 以（ ）表示，為演員於台詞進行中所表現的戲劇動作或演員表達角色情緒時的參考建議，例如（憤怒地）、（驚慌地）、（無奈地）。若指示中有「即興」二字，即表示這是因為演員在《徵婚啟事》的彩排進行中忘詞或因場上突發狀況，而臨時編造的台詞。

5、Before the Beginning與After the Ending

李國修特殊的導演手法，他將「人生與戲劇之間沒有距離與界限」的理念，運用成為舞台表現手法——「戲開始前，故事已然發生；戲結束後，故事仍在延續。」

5.1 Before the Beginning

「戲開演於無形」的理念。在觀眾進場時，即可看到舞台上有演員在場上流動，或是場景與燈光呈現某種意境，使觀眾在戲劇開演之前，不知不覺地融入劇情的氛圍。

5.2 After the Ending

「落幕後，故事仍在繼續」，全劇演畢、演員謝幕後，觀眾散場時，舞台上藉由演員或場景音效呈現某種流動或靜止的畫面，表示劇中角色的生命仍在延續，故事仍未終止。

6、備註

以上劇本內容之註明與各項指示皆為方便讀者閱讀，若有表演團體或戲劇相關科系欲以《徵婚啟事》為演出劇本，需經取得演出同意權後，則可視排練情形，調整舞台上的戲劇動作或重新詮釋演員情緒。

版本說明

前言：

李國修劇作集中，共有13齣戲列為定目劇本。所謂「定目劇」的英文是「Repertory Theatre」，原意是指一個劇團的「招牌劇目」，隨時可以供人點戲，然後安排表演。但是在現代的意義上，「定目劇」卻多了一個製作層面的概念。它是指將具備普及性、永恆性、與高度被接受性的經典劇目，製作並進行定點的長期演出，或每隔一段時間，進行週期性的重製演出。然而在台灣，表演藝術團體屬於非營利組織，目前並未發展出類似百老匯「長期定點」的商業劇場規模，但仍會定期推出具有代表性「定目劇」，並進行巡迴展演。而這些「定目劇」不僅代表一個藝術團體的創作精神，也維持了劇團的生存與穩定發展。

每一定目劇作品初次發表演出皆定名為「首演版」，例如：1996年推出《京戲啟示錄》首演版。爾後因重製當時之時間、空間、與社會時事，針對部分劇情、劇場美學等稍作內容的調整，並增列該劇目的版本名稱做為分類。不同版本的故事，在情節與架構上並不會有大篇幅異動，版本主要是用來辨別不同年份之演出記錄，例如：2000年推出《京戲啟示錄》經典版、2007年推出《京戲啟示錄》典藏版。

李國修定目劇作品如下：

《京戲啟示錄》、《女兒紅》、《莎姆雷特》、《半里長城》、《徵婚啟事》、《西出陽關》、《婚外信行為》、《三人行不行I》、《三人行不行Ⅲ—OH！三岔口》、《我妹妹》、《救國株式會社》、《北極之光》、《六義幫》，共計13本。

關於《徵婚啟事》

《徵婚啟事》是屏風表演班經典定目劇之一，共計有四個版本的演出紀錄，分別為1993年首演版、1998年華麗版、2002年幸福版、2010年浪漫版，因考量故事結構的嚴謹性與時宜性，故《徵婚啟事》選定幸福版為出版劇本。

劇情簡介

自以為通靈的男人說道：妳，徵婚的動機是什麼？

揭開序幕後，舞台上「某劇團」正在發表該團第二回作品，改編陳玉慧同名小說《徵婚啟事》的舞台劇作。為提昇該劇知名度，某劇團力邀影視女星站台演出。不料，首演前的彩排，卻因屢遭干擾而頻頻中斷，使得某劇團的首演危機重重。

其實，某劇團潛伏的內在危機來自每個劇團成員的個人際遇。頗負盛名的女明星演出徵婚女子，原本欲藉著《徵》劇的演出，來逃避與丈夫瀕臨崩塌的婚姻生活，卻在排練中與已婚的燈光設計師激起情愛關係；同時，來自美國西岸的某女友亦在此刻現身，希冀能挽回和女主角間的過往戀情。面對錯綜複雜的情感關係和即將登場演出的壓力，女主角已到了崩潰邊緣。劇場裡還穿插著做事草率的置景人和狀況外的服裝助理，不時還有某某人（送便當者）的干擾，都影響了彩排的進行……

另一方，過往曾是情侶關係的舞台監督和導演，因排練工作不順利而發生嚴重衝突，就在倆人激烈爭吵後，舞台監督卻揭露了一段不為人知的告白——原來，舞台監督竟也是原著小說中的徵婚者之一。

舞台上，隨時介入的人與事干擾著劇場工作的進行；劇情中，一個個寂寞的男人陸續登場；隱藏在現實生活裡的一樁樁糾纏的男女關係輪番浮現。混亂之際，一場似乎沒有劇本的排演實況，不知該如何收場？

二十位寂寞的求偶男子與迫切想要結婚的徵婚女子，成為舞台上最真實的人生紀錄。當大幕落下後，那群徘徊在愛情與婚姻之間的寂寞男女，終將回到真實的人生舞台。

場次結構表

時空設定					
				李國修	天心
場次	徵婚者	旁觀者	場景		
S1	自以為通靈的男人		速食店	自以為通靈的男人	徵婚女子
S2		某劇團	（舞台上）	男主角	女主角
S3		某某人	（舞台上）	男主角	女主角
S4	企圖離婚的男人		川菜館	企圖離婚的男人	徵婚女子
S5	浪漫的中年人		捷運月台	浪漫的中年人	徵婚女子
S6	留美碩士		PUB	留美碩士	徵婚女子
S7		某女友	（舞台上）	男主角	女主角
S8	保守男子		中餐館	保守男子	徵婚女子
S9	學歷很低的男人		西餐廳	學歷很低的男人	徵婚女子
S10	環遊世界的男人		啤酒屋	環遊世界的男人	徵婚女子
S11	不好意思的處男		電話亭	不好意思的處男	徵婚女子
S12	60歲的將軍		茶藝館	將軍	徵婚女子
S13		導演	（舞台上）	男主角	女主角
S14	想成家的公務員		料理店	公務員	徵婚女子
S15	黑道大哥		街燈下	黑道大哥	徵婚女子
S16		某醫師	（舞台上）	男主角	女主角
中				場	
S17	他有省籍情節		百貨櫥窗前	省籍情節者	徵婚女子
S18	工廠黑手		路邊	工廠黑手	徵婚女子
S19	內科醫生		Coffee Shop	內科醫生	徵婚女子
S20		置景人	（舞台上）	男主角	女主角
S21	業餘棋士		（化妝室）	業餘棋士	徵婚女子
S22	有充氣娃娃的學者		書店	有充氣娃娃的學者	
S23	提供性趣的男人		電話亭	提供性趣的男人	
S24		舞台監督	（舞台上）		
S25	他的手錶戴右手		料理店	錶戴右手者	徵婚女子
S26	職業不詳的男人		公園	職業不詳的男人	徵婚女子
S27	第二十個男人		（舞台上）	男主角	
S28		某劇團	（舞台上）	男主角	女主角

演員							
李天柱	楊麗音	王欣元	林志冠	狄志杰	陳世文	李依璁	鍾欣凌/王月
角色							
舞台監督	導演		某丈夫	燈光師	置景人	服裝管理	
舞台監督	導演			燈光師	置景人	服裝管理	某某人
舞台監督	導演						某某人
					置景人	服裝管理	
		某女友					
舞台監督	導演	某女友	某丈夫	燈光師			
舞台監督	導演				置景人		某某人
舞台監督	導演				置景人		
	導演				置景人	服裝管理	
舞台監督	導演			燈光師	置景人	服裝管理	
							某某人
某醫師	導演	某女友		燈光師	置景人	服裝管理	某某人
休息							
某醫師	導演				置景人		
舞台監督	導演				置景人	服裝管理	
				燈光師		服裝管理	
	導演						
舞台監督	導演				置景人	服裝管理	
舞台監督	導演	某女友	某丈夫	燈光師		服裝管理	
				燈光師			
舞台監督	導演				置景人		
舞台監督	導演	某女友	某丈夫	燈光師	置景人	服裝管理	某某人

S1

自以為通靈的男人

情境：

某劇團於《徵婚啟事》首演前一天，從第一場〈自以為通靈的男人〉，開始進行彩排。

場景：

速食店門口。

角色：

自以為通靈的男人（本場次簡稱為通靈人）、徵婚女子。

△　大幕尚未開啟。

△　大馬路上，吵雜的人車音效聲。

△　幻燈字幕（舞台鏡框[1]外兩側各懸掛幻燈幕供字幕投影，以下各場次皆同。）：

「第一個　自以為通靈的男人」

△　燈光漸亮，兩人各自一角上。

通靈人：妳為什麼要這麼做？（告誡地）妳知不知道會惹來殺身之禍？

徵婚女子：（驚奇地，笑）我很驚訝！很意外！你怎麼會這樣想？

通靈人：人跟人交往不應該有目的。妳為了結婚而徵婚，出發點就偏了。我是打比喻——妳去想「結婚就像吃飯」，如果不是很餓，妳就不必飢不擇食。

徵婚女子：我沒有聽懂，（笑）結婚怎麼會像吃飯？

通靈人：聽我講——我認為所有要找妳徵婚的男人，（肯定地）百分之九十都是心存不善！除了我以外！（二人相視而笑）我建議妳最好不要暴露真實住址，以策安全！

徵婚女子：（不以為意地）我一定會經過過濾，我並不一定會同意跟每一個徵婚的人見面。

1　鏡框式舞台的特點是在舞台前緣用一拱形結構，將表演區與觀眾席分隔，觀眾透過鏡框式的台口，觀看台上的演出。

通靈人：（突兀地）妳想要什麼？

徵婚女子：我想要什麼？

通靈人：（直盯著徵婚女子看）看妳的眼神我就知道了，我可以給妳任何東西。（伸手摸徵婚女子的手）我給妳的東西，別人不一定可以給妳。

徵婚女子：（刻意將手收回，客氣地，笑）我需要什麼呢？

通靈人：不要想騙我，我有通靈的能力。我修佛二十年啦！（煞有介事地）我的目的很純樸，只是想幫助妳。

徵婚女子：（一派輕鬆地）我並沒有發生什麼困難，其實，我徵婚的目的只是想——

通靈人：（打斷徵婚女子）我不是來跟妳徵婚的。

徵婚女子：（略不悅地）那我請問你，你來幹什麼？

通靈人：（停頓，思索貌）我師父傳授給我很多道理，現在我師父過去了，我想繼承他的精神，（故作施展法術畫符狀）我想「行道」。

徵婚女子：（刻意遠離通靈人，客氣地探問）這麼說……你會算命囉？

通靈人：會啦……會啦！但是，我是憑（雙手作電流流動的樣子）「電流感應」。

徵婚女子：（困惑地）什麼？

通靈人：（再次強調）電流感應。（手舞足蹈地，作發功狀）每個人身上都有一個磁場，磁場會發出無形的電流，一般人看不見，但是我可以！（看著徵婚女子）我看妳的面相是「曲高和寡」型，我建議妳不要做「徵婚」這種事！（妄下斷語）任何人絕對不會因為徵婚而找到對象。

徵婚女子：（好奇地追問）你剛剛說我會惹來「殺身之禍」？（笑）你是怎麼感應到的？

通靈人：這個不用感應，這個憑直覺嘛！妳為什麼要徵婚？

徵婚女子：我真的沒有想過——

通靈人：（打斷她）我問妳，妳徵婚的動機是什麼？

△　二人靜止不動。

△　大幕啟。

△　燈光轉換。

△　手機鈴聲響起。

S2

某劇團

情境：

彩排第一場結束後，因某丈夫來電而導致彩排中斷。

場景：

舞台上。

角色：

男主角、女主角、某丈夫（OS）、舞台監督、燈光師、置景人、服裝管理、導演。

△　手機鈴聲繼續。

△　大幕開啟。

△　「某劇團」的團員在舞台上，眾人靜止不動。

女主角：（OS）你在哪裡！？

某丈夫：（OS）妳在哪裡！？

△　沉默。

女主角：（OS）喂？

某丈夫：（語氣冷淡地，OS）妳在哪裡！？

女主角：（OS）我在舞台上，《徵婚啟事》明天要首演——

某丈夫：（OS）妳什麼時候有空簽字離婚？

△　沉默。

某丈夫：（OS）天心！？

女主角：（OS）你在哪裡？！……親愛的……你先祝我演出成功——

某丈夫：（OS）我預祝妳明天首演《徵婚啟事》徹底失敗！

△　燈光漸暗。

S3

某某人

情境：

某劇團工作人員在舞台上持續進行尚未完成的工作。

場景：

舞台上。

角色：

男主角、女主角、舞台監督、燈光師、置景人、服裝管理、導演、某某人（即送便當者）。

△　燈亮，「某劇團」的演職員依然靜止不動。

△　舞台上多了一個某某人，她在一角來回走動，講著手機。

某某人：（講手機，刻意放慢速度，咬字用力卻不標準地說著繞口令）**桌子有圓有四方，四角掛了四鳳凰，紅鳳凰、藍鳳凰、粉紅鳳凰、黃鳳凰——你就照背嘛！**（焦急地）**你這樣發音不標準，明天怎麼上台去比賽？**

△　稍頃，男主角，下。

△　場上眾人恢復動作——「某劇團」的燈光師在舞台上調燈，舞台監督在一角做筆記。置景人搬動道具，並與服裝管理以手機對話。導演對著音控室指示調整音樂的音量。舞台上一陣凌亂，每個人說話的聲音交錯重疊著。

導演：（對音控室）**阿剛！再高一點！**

某某人：（講手機）**——紅鳳凰、藍鳳凰、粉紅鳳凰黃鳳凰！你這樣發音不標準明天怎麼上台比賽！？紅鳳凰、黃鳳凰——**

△　女主角，下。

導演：低一點、低一點、再低一點——

△　音樂的音量忽大忽小，稍頃，漸降。

△　舞台一角的置景人與服裝管理正在以手機通話中。

置景人：（講手機）**動機是什麼！？**

服裝管理：（講手機）我就是喜歡看著公園的那盞路燈一直發呆啊！

置景人：（講手機）多久？

服裝管理：（講手機）不一定！最長紀錄發呆一百四十分鐘。

某某人：（講手機）鳳凰是一種鳥嘛！鳳求凰，凰求鳳！——鳳是公的，凰是母的嘛！母的追公的，公的追母的。紅鳳凰黃鳳凰——你不要管公的母的，你就背嘛！

置景人：（講手機）妳不覺得看路燈發呆很愚蠢？

服裝管理：（講手機）哪會啊！？

舞台監督：（對置景人）你跟誰打電話？

服裝管理：（對舞台監督）跟我啦！

舞台監督：（不悅地）你們兩個這麼近打什麼電話！（對服裝管理）依璁！請國修換衣服！（對置景人）世文，置景都沒有到位！

△ 服裝管理，下。置景人，亦下。

△ 突然，舞台右側鏡框外有一束燈光。導演同時對燈光師和音控室下指令。

導演：狄志杰！（對音控室）阿剛！音樂cue[2]先給我！

燈光師：（對導演）快調好了！

---

2 戲劇演出中音效、燈光等舞台技術變化，每一個變化稱為一個cue。

導演：（不悅地，對燈光師）鏡框外誰在演戲！？

燈光師：誰！

導演：（對音控室）阿剛，cue二—— go!

△ 導演走至鏡框外。

某某人：（提著一大袋便當，對燈光師）誰是老闆？二十個便當送來了。

導演：（不理會某某人，指責燈光師）這裡沒有人演戲，你打這麼亮幹什麼！？（指著翼幕）這道叫翼幕[3]，拉成一直線往上才是表演區。表演區裡面才是演戲的舞台，這條線以下都是人生，跟我沒有關係，不需要燈光。

△ 音樂的音量漸揚。在燈光師說話的同時，音樂音量忽高忽低。

燈光師：（抱怨地）我早上七點二十就到了；卡車十點才到。我先幫舞台組裝台，他們搞到下午四點，沒有人願意留下來幫我，全走光了，我一秒鐘都沒有休息。妳看見舞台上燈桿每一盞燈都是我一顆一顆調的。妳想要彩排順利就應該立刻停止，等我完全調好燈光才開始，否則妳就應該跟我道歉！

---

3 鏡框式舞台的左右兩邊通常會有二至四道不等垂掛下來的布幕，用以防止觀眾看到側台，布幕之間區隔出的通道，可供演員上下場。

導演：（生氣地）我憑什麼道歉？憑什麼道歉？

某某人：（對導演）我代表道歉。對不起，我講一句話，這便當到底誰要付錢？

導演：（對燈光師）你沒有理由delay進度。（對舞台監督）柱子，call cue ！

舞台監督：導演！志杰還剩下兩桿燈光——（對燈光師）志杰，你慢慢來！

燈光師：柱哥！你不要管！（不悅地）楊導演，我們且戰且走！妳彩排、我調燈。妳請到台下去，不要干擾我的工作！

導演：（激動地）我不是干擾，我是干涉！你不能on schedule，你早說！我一通電話來二十個人兩小時調完燈光！

△　燈光師與導演吵得不可開交。

燈光師：妳不要干擾我……

導演：我不是干擾，我是干涉……

燈光師：妳現在就是在干擾我……

導演：（暴怒地）我不是干擾，我是干涉……

某某人：（衝至燈光師和導演中間，大聲地）我不想干涉你們，便當到底誰要付錢！？

舞台監督：（對某某人）老闆，這裡面有兩個素便當吧！？

某某人：（對舞台監督）你講話了，你付錢。（走至舞台監督旁）總共是一千六百四十塊，素便當比較貴，一個一百，兩個兩百，其他一個八十塊，（心算）八十乘以十八等於一千四百四十，加兩百，總共是一千六百四十！謝謝，這是收據！

舞台監督：（不理會某某人，對燈光師）志杰……

燈光師：我？

舞台監督：先調燈！

導演：（對後台）依璁！

燈光師：（對燈控室）一口鳥，給我第二桿二十、十九、一、三十九、八、三十三號——

某某人：（詢問燈光師）特別號要幾號？

△　某某人拿起手機，準備打電話狀。

燈光師：（不理會某某人，繼續對燈控室下指令）十號。其他燈關掉！

舞台監督：（對燈光師）怎麼你報的他都沒有開。

某某人：（隨即掛上電話，對舞台監督說，閩南語）還好我還沒簽，不然就虧大了。

△　場上燈光並未變換。

△　置景人、服裝管理，二人自一角，上。

燈光師：（對燈控室，大吼）一口鳥！其他燈關掉！ ——（對舞台監督）他聽見了嗎？

舞台監督：你這樣喊他聽不見的！（對Intercom[4]）一口鳥，其他燈關掉！

燈光師：（對燈控室）一口鳥，其他燈關掉！（對舞台監督）他聽到了沒啊？

舞台監督：（對Intercom）其他燈關掉！一口鳥！

燈光師：（對燈控室）一口鳥，其他燈關掉！

△ 場上燈光仍未變換。

某某人：（大聲地）其他燈關掉！一口鳥！

△ 場上燈光立即變換。燈光師、舞台監督一臉尷尬地看著某某人。

某某人：一口鳥聽到了。（對燈光師）這是收據——

導演：柱子！找到天心，立刻開始！不准叫停！

舞台監督：是！（往後台方向走）天心！天心！

燈光師：（對導演）妳可以隨時開始——

導演：（不悅地，走過燈光師旁，正巧某某人迎面走來）我不理你！

某某人：（驚愕地，對導演）妳不理我！？我把便當帶走囉！

---

4 內部對話裝置，在排練或演出進行中，舞台監督與相關技術人員可透過此設備溝通連絡。

△　導演看了某某人一眼，仍未理會某某人，某某人遂提著便當，下。

舞台監督：依瑀、世文！

依瑀：

（同時）在這裡！

世文：

△　導演走至舞台下，進入觀眾席一角。

舞台監督：（指使地）在後面幹什麼？趕快進去置景，第二場——川菜館。

置景人：川菜館！好——

服裝管理：（對舞台監督）天心已經換好衣服了，但是——

舞台監督：（打斷服裝管理）我們準備走第二場——企圖離婚的男人！狄志杰！

△　慌亂之中，燈光師一時恍惚，不慎掉落了數張燈光色片。

舞台監督：（對燈光師）沒事吧！要開始了。

燈光師：（拾起色片，仍感不安地）是，我馬上好！

服裝管理：舞監！服裝設計還有幾套男人的衣服沒有送過來，正在趕工。

舞台監督：（不悅地）搞什麼？還有幾套衣服？

服裝管理：（邊想邊說）五、六、七套……

舞台監督：（質問）幾套？五、六、七套是幾套？

服裝管理：（害怕地）八套！

舞台監督：妳想要國修在舞台上全裸演出啊！？

服裝管理：（委屈地）我只管服裝又不負責設計！

△　服裝管理不悅地坐在舞台一角的椅子上。

舞台監督：（對Intercom）是！導演！我們繼續彩排，順走不停，一口氣演到二十個男人。（對台上所有人說）跟這個舞台無關的人，通通下台！

△　舞台監督，下。

置景人：（玩耍、嬉鬧地，拉著服裝助理）下台！下台！下台！

△　服裝管理被置景人逗樂，走下。

置景人：（對後台方向）舞監，川菜館的景長什麼樣子啊？

△　無人回應，稍頃，某某人再度提著便當自一角，上。

某某人：（對燈光師和置景人，閩南語）便當來了！

△　燈光急暗。

S4

企圖離婚的男人

情境：

某劇團進入彩排第二場〈企圖離婚的男人〉，某某人（送便當者）卻滯留在舞台上，干擾彩排的進行。

場景：

川菜館。

角色：

某某人、企圖離婚的男人（本場次簡稱為企圖離婚者）、徵婚女子、舞台監督。

△　幻燈字幕：

「第二個　企圖離婚的男人」

某某人：（指認出飾演徵婚女子的女主角）天心？！（女主角禮貌地對某某人點點頭）幫我簽名！

女主角：（尷尬地，坐下）我沒有筆！

某某人：（翻找自己的包包，失望地）我也沒有筆！唉，我們沒有緣分啦！

△　企圖離婚者穿著內衣及四角褲，急急忙忙地，奔上。

男主角：（對女主角）對不起，對不起，這個男人的衣服還沒有送過來。

△　男主角看見某某人，驚訝狀，立刻示意某某人離開舞台；某某人不理會男主角的暗示，直盯著男主角看。

某某人：（看著男主角瘦弱的身材，調侃地）都沒吃飯喔！被你老婆虐待喔！

△　男主角尷尬地走至椅子旁，飾演企圖離婚者。女主角飾演徵婚女子。

△　彩排開始。

企圖離婚者：（對徵婚女子）妳點菜，喜歡吃五更腸旺還是乾扁四季豆？

徵婚女子：這麼大的餐廳，生意這麼差！一個人都看不見。

某某人：（不悅地，插話）我不是人喔！（笑鬧地）那我是什麼⋯⋯？

△　二人不理會某某人的干擾，繼續彩排。

企圖離婚者：我最近剛回台灣。我在大陸搞建築，也搞成衣生意，我不是奸商。

徵婚女子：我看得出來。從你的穿著、談吐，你像個老實人。

△　男主角對自己的服裝感覺相當不自在，動作極彆扭地。

企圖離婚者：（憑空作狀拉著胸前的領帶，問）妳喜歡這條領帶嗎？

徵婚女子：喜歡。

某某人：（對女主角，閩南語）裝肖仔！（國語）他根本沒有領帶（笑）！

△　女主角示意某某人離開舞台。

企圖離婚者：我快四十歲了，不做一點事會對不起自己。

徵婚女子：要不要先點個菜，我什麼都吃。

某某人：（急忙插話）只有排骨、雞腿和素的——

企圖離婚者：（對某某人，不耐地，即興）拜託！這裡是川菜館！

某某人：（不悅地）是怎樣啦？你不會自己加辣椒啊？

企圖離婚者：（回戲，對徵婚女子）我離婚了，但是我還沒有簽字。

徵婚女子：為什麼？

△　某某人手機響。

企圖離婚者：因為我恨我太太——（對著某某人，示意她立刻離開舞台）因為——

某某人：（講手機）和尚端湯上塔，塔滑湯灑湯燙塔——

△　某某人嚴重干擾彩排的進行，男主角憤而起身。

男主角：（不悅地，指某某人）她是誰啊！？

某某人：（對男主角）送便當的！（繼續講手機）和尚端湯上塔，塔滑湯灑湯燙塔——

△　舞台監督，上。女主角欲下。

舞台監督：（叫住）天心！繼續彩排——（對某某人）對不起，這位太太——

某某人：（糾正舞台監督）「小姐！」

舞台監督：這位小姐，麻煩妳跟我下來。

某某人：（訴苦）我跟（指男主角）那個男的一樣，我也是離婚了，（癱坐在男主角的位子上）但是我還沒有簽字——

舞台監督：單親媽媽！

某某人：我兒子明天學校要比賽繞口令——

舞台監督：繞口令？

某某人：好難喔！

舞台監督：喜歡表演？！

某某人：怎麼現在還在講國語繞口令？

舞台監督：真的！（自座位上拉起某某人）麻煩妳跟我下來一下！

某某人：那你教他！

舞台監督：（拉著某某人，往外走）好！好！和尚端湯上塔——

某某人：對！對！對！就是這一條——

舞台監督：

（同時）塔滑湯灑湯燙塔——

某某人：

△　舞台監督將某某人連推帶送請出舞台。那一袋便當卻遺留在台上一角。

男主角：（提示女主角）妳講話！

△　二人坐下。彩排繼續進行。

徵婚女子：你是不是想再婚？

企圖離婚者：台商在大陸要成功必須具備三個條件，第一資本、第二能力、第三機運，我資本不夠、能力不足、機運要靠緣分，俗話說「齊家治國平天下」，我想先把家搞好，再來搞大陸——

徵婚女子：（疑惑地）什麼？

企圖離婚者：（立刻改口）搞事業！大陸我搞不起。在搞事業之前我想先搞對象！

徵婚女子：你有沒有覺得，搞搞搞——這個字很奇怪？

企圖離婚者：在大陸，什麼都叫搞！搞工作啦！搞關係啦！搞文化、搞活動、搞經濟！我習慣了。妳願意和我搞嗎——？

徵婚女子：（驚愕地）啊？

企圖離婚者：（立刻改口，解釋道）交往，我是說交往！（探問）妳的脾氣是不是很倔強？

徵婚女子：不至於，我不喜歡勉強。

企圖離婚者：（笑，自語）女人都說不勉強，但是到最後總是勉強。

徵婚女子：（尷尬地笑）你好像很瞭解女人？

企圖離婚者：我一點也不瞭解，否則我不會到今天還在徵婚。對感情我是宿命論，「得之我幸，不得我命[5]」。對生命我是樂觀的。我記得，有一次我坐火車去高雄，快接近岡山，天色也晚了，我看到一排排房子的電燈陸續點亮起來，我當場很感動，（陷入感傷地）……我感覺那些燈象徵幸福的家庭。（哽咽地）其實在台灣，幸福的家庭仍然到處都是（低泣）。

徵婚女子：我有面紙，給你用。

企圖離婚者：（誤會徵婚女子請他用餐）我不吃……

△　燈光漸暗。

5　文出自徐志摩寫給恩師梁啟超先生的書信：「我將在茫茫人海中尋訪我唯一之靈魂伴侶。得之；我幸。不得；我命。」

S5

浪漫的中年人

情境：

某劇團正在舞台上進行彩排，第三場〈浪漫的中年人〉。

場景：

捷運月台。（舞台左側有一平台，象徵捷運月台。）

角色：

浪漫的中年人（本場次簡稱為浪漫中年人）、徵婚女子、服裝管理、置景人。

△　幻燈字幕：

「第三個　浪漫的中年人」

△　車內的廣播聲音效，捷運列車進入唭哩岸站。

△　燈光漸亮，那袋便當依然在場上，場上一片慌亂，置景人正在整理道具，服裝管理正在替男主角換戲服。稍頃，徵婚女子自一角，上。

男主角：（對服裝管理）道具！？我的公事包！

服裝管理：（對置景人）世文，公事包！

置景人：（拿起那袋便當，遞給男主角）你先拿這個代替！

服裝管理：（對男主角）先拿這個代替嘛！

△　彩排開始，男、女主角站在平台上；服裝管理在一旁幫男主角整理衣服。

浪漫中年人：（看著徵婚女子）妳很漂亮。

徵婚女子：

（同時）謝謝。

服裝管理：

男主角：（對服裝管理）我說她，不是妳。（回戲）很少看到像妳這樣有氣質的女孩。

徵婚女子：你在哪裡高就！？

浪漫中年人：和朋友合夥在大陸搞成衣生意。

△　置景人仍在舞台上調整道具，陸續將場上的圓桌二椅搬下舞台。

△　服裝管理替男主角戴上「留美碩士[6]」的假髮，下。

浪漫中年人： 我四十多歲了，屬雞。離了婚，有一個兒子在唸高中。我不奢想可以和妳結婚，交個朋友就好了，我覺得我太老和妳不配。像妳這麼有氣質的女孩還不結婚的理由是什麼？

△　浪漫中年人、徵婚女子，走下平台。

徵婚女子： 我一直覺得我的個性很怪異，和人不容易溝通，更有孤僻的傾向，對很多事很排斥。

浪漫中年人： 比如說？

△　置景人看著浪漫中年人的妝扮，竊笑，稍頃，下。

徵婚女子： 我不喜歡捷運，我又擔心在台北找不到一個地標和你見面。我只好約你在捷運站，可是我又很怕人潮擁擠的環境。這人一多我又覺得壓迫感就特別重，我想打電話跟你改地方但又怕你找不到。反正我覺得我是一個很怪異、也很善變、又希望事情圓滿——我受不了自己這樣的個性。

浪漫中年人：（笑）我是個老派傳統的人，我也討厭和人接觸，我也受不了現在的年輕人，我討厭他們生活沒有目標、對環境麻痺、我行我素，我討厭他們——

6　《徵婚啟事》劇中的其中一位徵婚男子。此處為服裝助理換裝出錯，為男主角戴上不正確的假髮造型。

△　服裝管理，上，為男主角拿下方才戴錯的假髮，下。

浪漫中年人：（看著服裝管理，一語雙關地）完全沒有責任感！

徵婚女子：我要回去了。

浪漫中年人：希望妳平安回到家，我會等妳的電話！

徵婚女子：保持聯絡！

△　徵婚女子走上平台。

浪漫中年人：（探問）嗯……妳真的不需要我送妳回家嗎！？

徵婚女子：（微笑以對）再見。

△　二人相識而笑，互道再見。

△　燈光漸暗。

S6

留美碩士

情境：

某劇團正在舞台上進行彩排，第四場〈留美碩士〉。

場景：

PUB。（場上有一小型吧台、兩張高腳椅。）

角色：

留美碩士、徵婚女子、某女友。

△　幻燈字幕：

「第四個　留美碩士」

△　燈光漸亮，只見服裝管理替男主角換完裝後，倉皇奔下。男主角仍手提那一大袋便當，來不及交給工作人員。

△　吧台前，徵婚女子已坐定，喝著啤酒，微醺狀。

△　男主角仍提著那一大袋便當，慌亂地在舞台上整理身上的衣服。稍頃，男主角轉飾留美碩士，微醺狀，走至徵婚女子旁。

△　彩排開始。

徵婚女子：如果你都準備要回美國了，為什麼還會想打電話給我？

留美碩士：我是沒事才跟妳聯絡的。妳不是想結婚嗎？簡單，馬上結，反正不和就離嘛！

徵婚女子：你也不慎重地選擇對象？任何一個女人都可以嗎？

△　男主角順手將整袋便當放置在吧台桌上。

留美碩士：No，這麼快就求婚，This is my first time.

徵婚女子：你也不問問我的來歷？如果我是應召站假藉徵婚之名呢？

留美碩士：That's good!

徵婚女子：（疑惑地）That's good? 我的意思是，如果我是個妓女，你還願意跟我結婚嗎？

留美碩士：（坐在徵婚女子旁）我曾經想過，如果這一輩子娶不到一塊白布，我就最好娶一個大染缸（笑）。

徵婚女子：你父母能接受你這種觀念？如果你娶一個妓女？

留美碩士：會有人要結婚了，還承認自己是妓女嗎？而且妓女也是人，Right ？

徵婚女子：（困惑地）Right!?

留美碩士：Damn right!

徵婚女子：You have to forgive me! But I'm just too curious. Have you ever been with a call-girl before!

留美碩士：請講中文！ Don't speaking English! Here is Taiwan! Ok?

徵婚女子：Ok ！你有找過妓女的經驗嘛！

留美碩士：No —

徵婚女子：（懷疑地）No?

留美碩士：No —

徵婚女子：（質疑地）Really?

留美碩士：（逃避地，極力否認）No —

徵婚女子：Are you sure?

留美碩士：（被逼急，只得承認）—— Yes！我曾經上網找到一個自稱在航空公司上班的空姐— Seven thousands.

I was very satisfied. I want keep in touch with her but I never find her. What a pity!

徵婚女子：（略不悅地）所以，你才會想打電話找我！？

△　某女友，上，出現在觀眾席某處。

留美碩士：不是，如果事情是這樣就簡單了。（展現誠意狀）我真的考慮跟妳結婚，我真的很需要感情，（隨即走至一旁，輕浮地跳著舞）Especially tonight ！為什麼談那麼多的感情，每次受傷害的總是我，為什麼？

徵婚女子：（略感不悅地）— I don't know！

留美碩士：（手搭著徵婚女子的肩膀）妳要結婚嗎！？

徵婚女子：（一愣）Are you kidding?

留美碩士：Chinese please!

△　徵婚女子轉頭看見某女友出現在一角。

徵婚女子：（無法專心繼續進行彩排）你會想跟我結婚嗎！？

留美碩士：Maybe!

△　某女友自一角走來。

S7

某女友

情境：

因某女友突然出現，彩排被迫中斷。

場景：

同上場。

角色：

男主角、女主角、某女友、某丈夫、舞台監督、燈光師、導演。

△　舞台上，因某女友的出現，彩排中斷。

女主角：（低聲說）國修，有朋友找我。

男主角：（轉頭看見某女友）喔！好。天心，我去打個電話。

△　男主角，下。

女主角：（故作輕鬆地，對某女友）Evon！妳好嗎？（勉強微笑）我希望妳過得很好。

某女友：（冷冷地）我過得很辛苦，I wish you would come back to me.

女主角：（小心翼翼地）我說過……那是不可能的事。晚上我給妳打電話！

某女友：（重複女主角的話，嘲諷地）晚上我給妳打電話？

女主角：（不知所措地）明天——

某女友：（打斷）好，（不悅地）明天我給妳打電話，明天、下個月，或者明年！（嘲諷地）好，我明年給妳打電話，或者後年！

女主角：（不耐地，起身）Evon！（苦勸）妳在那裡，我在這裡，我會更珍惜這一切。讓我們就這樣好好活下去，Ok？妳明知道我很在乎妳的，何苦再來破壞我現在的生活！？

某女友：有時候我懷疑妳死了，世界上根本沒有妳這個人！（自觀眾席某處走上舞台，激動地）我們的一切，妳跟我在一起的六個月，全是我自己想像出來的，妳其實根本不存在！

女主角：（自責地）我但願妳說的是真的，我真想立刻在這裡消失！

△　女主角欲下，某女友急忙叫住她。

某女友：Christine!（上前，擁抱著女主角，懇求地）Give me one more chance, please.

女主角：（擺脫開某女友的擁抱）Evon!（苦勸）Believe me, you must go back to your own life. You must forget about me.

某女友：（苦笑）That's impossible.人怎麼可能消滅自己的記憶，像橡皮擦一樣擦掉？除非我死了。（痛苦地）妳怎麼會變得這麼殘酷？這麼絕情？

△　某丈夫，上，手拿一個牛皮紙袋，默默出現在舞台一角。

女主角：那段時間，我很徬徨，我不知道接下來的路該怎麼走，我需要一個人告訴我，我還活著。（某女友走向前擁抱女主角，女主角委婉地拒絕）我需要有人來愛我；不管我怎麼樣、不管我是誰、不管我做什麼。自從我認識妳之後，妳讓我嘗試到新的生活，嘗試到自由，我非常感謝妳給我機會重新認識我自己。（誠摯地）妳一直都是我最好的朋友，過去是、以後也會是。不過，妳要的那種愛和我能給妳的是不一樣的……我沒有辦法愛妳，沒有辦法，我想要過的是妳所謂的那種……

△　某女友坐在舞台左側的平台上，低泣著。

女主角：

（同時）無聊的世俗生活。

某女友：

△　燈光師手提著一個行李箱，上。

燈光師：天心！妳先生來探班。

△　某丈夫已在舞台一角，但女主角沒看見某丈夫，急忙往外走去尋找某丈夫。

某丈夫：你們在演戲？你們演！當我不存在！

女主角：（折返，走向某丈夫）蔡修治！

燈光師：蔡先生，（指行李箱）你司機說你忘了這個箱子了。

某丈夫：先放著，放這兒。（燈光師愣了一下）放這兒啊！

女主角：蔡修治，（指某女友）她是Evon。

某丈夫：（看著某女友，疑惑地）Evon？誰呀？（誤認某女友是演員，突然轉為熱情地）啊！ Evon！（笑）對不起！在這種燈光下沒有把妳認出來。Evon！妳戲演得好啊！妳那個……《戲說陽貴妃》嘛！我是每一集都看。（對女主角）她戲演得好。

女主角：她不是演員，她剛從美國回來，我的朋友。

燈光師：（突然插話，對某丈夫）我最喜歡天心了。

△　某丈夫對燈光師笑了笑，隨即轉身尋問某女友。

某丈夫：（嘻皮笑臉地）美國回來的！

某女友：（冷冷地回應）我住舊金山。

燈光師：（探問）聽天心說，蔡先生要回美國定居了！？

△　導演與舞台監督，上。導演板著臉，對彩排中斷感到相當不悅。

導演：蔡先生！（刻意地看著女主角說）你太太的戲演得真棒！

某丈夫：（笑，客套地）哪裏！還不是大家多提拔！多照顧！

導演：哪裡！我們還在利用她的知名度，票房成敗都靠她了！

某丈夫：客氣！客氣！她就是喜歡參加你們這種藝文活動。

導演：（不耐地）不好意思，我沒時間陪你。

某丈夫：（尷尬地，為自己找台階下）當我不存在，我消失了，妳忙！

導演：（不理會某丈夫，針對舞台監督，不悅地）舞監，誰說停的？（指責地）我求求你做一些對的事情好嗎？

舞台監督：（不置可否，反問）我哪一件事沒有做對？

△　燈光師，欲下。

導演：燈光設計師！不要走！

某丈夫：天心，（指行李箱）這是我的東西，我帶走了！

導演：（指責舞台監督）你哪一件事情沒做對，我告訴你！

某丈夫：（對女主角）我去後台等妳！

導演：（數落舞台監督）你沒有一件事情是做對的！男主角服裝沒有到齊，你沒盯緊！音樂、音效你沒有時間給我定level。

女主角：（情急地，制止某丈夫拿走行李箱，大吼）親愛的，你等我演完，ok ？

△　女主角強行提著行李箱，下。稍頃，某女友，急忙追下。

導演：（停頓，看著女主角往外走去）我只能怪你無能！你叫這樣的舞台、這樣的戲，（暴怒地）怎麼有臉給觀眾看？

△　某丈夫仍站在一角，呵呵地笑著。

△　舞台上的燈光一直變換著，唯獨導演所站的位置無光。

導演：（不耐地）拜託！一口鳥不要玩燈光。我在講話給我一點燈，這是我現在最起碼的要求，可以嗎？（見燈光仍未變換，暴怒地）給我一點燈光。

舞台監督：狄志杰，給導演一點燈光。

燈光師：（對燈控室）一口鳥！給我第一桿十號燈。

△　場上燈光變換，但光區不對，沒有打在導演的位置。

某丈夫：（幸災樂禍地，大笑）哈哈哈，沒打到！

燈光師：（對燈控室）第二桿三號、七號、九號、十二號。

△　燈光變換，光區還是沒有打在導演的位置。

某丈夫：（持續大笑）哈哈哈，通通都沒打到！！

導演：（生氣地）燈光設計師，狄志杰——

燈光師：（急忙解釋）操作燈光的一口鳥還不太熟悉電腦按鈕——

導演：（走向燈光師，劈頭罵）你他媽的！是你設計燈光，還是我設計燈光？你不懂設計，你半年前就該告訴我！

舞台監督：（試著與導演溝通）一個月之前妳才打電話請我來「救救妳」，整個劇團我只認識妳，妳叫我這個舞台監督怎麼做？為什麼從以前到現在，所有人都是「錯」的，只有妳是「對」的？

導演：（苦笑）我真的希望，（不悅地，對舞台監督）你立刻在這個舞台上消失。

△　舞台監督將 intercom 耳機摘下來交給燈光師，往外走去。

燈光師：（欲挽留）柱哥！

舞台監督：（示意燈光師）給導演一點燈光。

△　舞台監督，下。

某丈夫：Sorry ！應該是我要在這個舞台上消失吧！？

燈光師：（暴怒地，對燈控室）一口鳥，舞台燈光全亮！

△　燈光變換，場上霎時出現兩個光圈——一個在導演的位置，一個在某丈夫的位置。

△　某丈夫嚇了一跳。

某丈夫：（笑）好亮啊！

△　燈光漸暗。

S8

保守男子

情境：

某劇團繼續進行彩排，第五場〈保守男子〉。因為男主角剛才去打電話還沒回來，所以由舞台監督暫時代演「保守男子」。

場景：

中餐館。

角色：

保守男子、徵婚女子、舞台監督、置景人、導演。

△　燈光漸亮，保守男子（舞台監督代演）與徵婚女子已在場上，二人坐在平台上。

保守男子：（神態落寞地）其實很多人都很寂寞，特別是過了三十歲又還沒結婚的男人。一個人面對夜深人靜的半夜更不容易。（低著頭）我覺得我很自卑……

徵婚女子：（面帶微笑地安慰著）自卑往往會隱藏在自負的面具之下，你看起來像是很有自信的人。

保守男子：（苦笑）妳看得出來嗎？（仍低著頭）我坐過牢。

徵婚女子：（一愣，試圖安慰）……坐牢也是一種很好的人生經驗嘛（笑）！（自覺說錯話）……對不起。（停頓）你為什麼會坐牢？

保守男子：監守自盜、搶劫、殺人。（徵婚女子驚嚇地看著保守男子）以前我有個女朋友，我在牢裡一直都不敢跟她聯絡。她是位藝術家，我們在一起五年多，我們兩個人的個性差異很懸殊，我不太習慣用語言表達自己的想法，但她卻是個需要不斷跟人對話的人，本來要結婚的，可是在訂婚的前一天晚上，我變卦了。

徵婚女子：為什麼，你不想娶她嗎？

保守男子：不是，只是我突然發現，我終究不了解她，她是個很需要被肯定的人，但是，我卻不曉得怎麼樣會讓她覺得開心，譬如說，她在工作上有壓力向我訴苦，我會說：「好好加油！現在這個社會誰沒有壓力？」但是她卻不高興，她說她不想聽到我只用「加油」這種字眼來安慰她，所以我不知道說什麼話是她想聽的，更不知道她真的想要的是什麼！？所以，我選擇消失。後來，我幫朋友的公司做人頭，公司財務出了狀況、背信倒閉，被告上法庭，我連帶被關，就這樣，我再也沒有跟她聯絡。

徵婚女子：（靠近保守男子，輕聲安慰狀）你是老么吧！

保守男子：我是長子。

徵婚女子：（溫柔地）我有一個弟弟、一個妹妹，我也是長女。我十八歲就離開家了，我一直以為家是家，我是我，其實我的叛逆性並不強烈，但是我覺得我在追求一種自我實踐的生活態度。（笑）這樣說起來，我覺得我好像也很自私。

保守男子：不！妳是女生沒關係。每次我把坐牢的經驗告訴我認識的女孩，她們就開始害怕，她們嘴裡說沒關係、無所謂。可是我知道她們的態度開始慢慢在改變，越來越冷淡，然後就不跟我聯絡了。

徵婚女子：（同情地）你是不是擔心自己被這個社會遺忘了？

△　導演站在舞台下，看著舞台監督與女主角的排戲。

保守男子：像我這種人，被社會遺棄應該也很正常，（又故作輕鬆、調侃地，笑）不過反過來說，這個社會已經爛到連我都想遺棄它了。

徵婚女子：（被逗笑）有道理！

△　置景人，上。

置景人：舞監！（笑）我看，男主角換你演，你演得比李國修好！

導演：（透過麥克風說話，斥責地）你只管換景，少講話！

置景人：誰呀？——（看見舞台下的導演）噢！導演！（故作認真地翻閱手上的cue表）換什麼景？

舞台監督：（不耐地）第六場，西餐廳。

置景人：不是川菜館？

舞台監督：川菜館演完了，你照我給你的cue表做，（看到置景人手上的cue表，無奈地）戲還沒有開始演，你的cue表已經爛成這樣？！（對燈控室）狄志杰！這場戲還沒有排完，你燈光收太早了！

△　置景人在一角換景。舞台監督坐回女主角旁。

導演：天心！我覺得妳這一場的情緒還是不對！妳為什麼對一個陌生人那麼好？

女主角：（不耐地，起身）排戲時我就已經跟妳討論過！

導演：（堅持、強調地）他坐過牢，妳應該要感到害怕。

女主角：（辯駁）我覺得他跟陳玉慧[7]就像是一對知心朋友，我對他的態度應該跟我對別人不一樣——

導演：（打斷）妳應該知道他坐過牢，一個坐過牢的人——

女主角：（打斷，態度強硬地）對不起！（緩和自己的情緒，再次說明）我還是堅持我的詮釋。

△　男主角匆忙地奔上。

男主角：拜託！誰看一下，我這個男人到底穿什麼衣服？

導演：不要管服裝了。

男主角：誰啊？——（看見舞台下的導演）導演！對不起！

導演：（口氣不悅地）這場尾巴接一下。世文！準備換景——

置景人：（態度散漫地）一直都在換啊！

舞台監督：（起身，對男主角）我剛剛演到——「有時候我覺得這個社會已經爛到連我都想遺棄它。」

男主角：李天柱，謝謝你代替我演戲。

舞台監督：沒關係！這場戲的詞我熟。

△　幻燈字幕：

「第五個　保守男子」

男主角：（坐在女主角旁）啊！（又詢問舞台監督）你剛說……哪一句台詞？

7　《徵婚啟事》小說的原著作者。

舞台監督：（提詞）「有時候我覺得這個社會已經爛到——　」

置景人：（插話，代替舞台監督回答）「連我都想遺棄它！」

導演：（不耐地）世文——

△　燈光變化，男、女主角繼續彩排。導演、置景人在一旁換景。

保守男子：連我都想遺棄它——我覺得妳像一座冰山，而我只看到一小部分。妳不像一般女孩有脈絡可尋。我是抱著來看朋友的心情赴這個約會。

徵婚女子：（溫柔、親切地把手搭在保守男子肩上）很好啊！你可以把我當成是你的好朋友。

保守男子：（彆扭地傾斜身體，刻意稍遠離徵婚女子）我們剛才談了那麼多話……我覺得我們就像是兩列平行的火車，永遠沒有相交的一天。如果相交了……那叫做相撞。

△　燈光漸暗。

S9

學歷很低的男人

情境：

某劇團正在舞台上進行彩排，第六場〈學歷很低的男人〉。

場景：

西餐廳。（場上置有一桌二椅，背景為一幅象徵西餐廳的圖畫。）

角色：

學歷很低的男人（本場次簡稱為學歷很低者）、徵婚女子。

△　幻燈字幕：

「第六個　學歷很低的男人」

△　燈光漸亮，徵婚女子已在場上。

△　稍頃，學歷很低者（本場皆使用閩南語）自一角，上。站在遠處看著徵婚女子，躊躇著、不敢前進。

徵婚女子： 請坐。（好奇地）我想先問你一句，你真的沒有交過女朋友嗎？

學歷很低者： 沒有，（結巴地）我……沒有……交過女朋友。（國語）我給妳……講老實……正經的——（閩南語）對不起，我國語講得不流利。

徵婚女子：（閩南語）沒關係，你講台語也可以通。

學歷很低者：（坐下）給妳說老實正經的，我曾試過相親，人家介紹一位女孩給我。人家說：「做牛就拖，做人就磨[8]。」我帶她去餐廳吃飯，吃了八百多塊。兩杯咖啡、兩盤（不流利的英文）「sandwich」，連（不流利的英文）「tips」八百多塊——

徵婚女子： 差不多啊——

學歷很低者：（駁斥地）差多了——我也不是「膨風田雞殺無肉[9]」。我聽人家講，那女孩跟別人說我像流氓……（模仿流氓打架的動作，略氣憤地）說我像個流氓……說我

8　台灣俗諺。牛要拖犁，人要努力工作；表示各有該盡的本份。

9　台灣俗諺。喻一個人很會吹牛，但沒有實力。

像個流氓……

徵婚女子：（提醒，不流利的閩南語）你講過了。

學歷很低者：（恍悟貌）喔，講過了。（戴起眼鏡，並拿出預先準備的小抄稿子，看著小抄稿，唸）我媽說：「第一門風，第二祖公[10]」我是想，那女孩可能嫌我是小工廠的老闆。（略氣憤地）做老闆會是流氓嗎？

徵婚女子：（不流利的閩南語）不是！

學歷很低者：（再次向徵婚女子確認）對不對？

徵婚女子：（不流利的閩南語）對。

學歷很低者：（反覆再問）對不對？

徵婚女子：（不流利的閩南語）對。

學歷很低者：（意識到又問了重複的問題，自語）問過了。不好意思！（翻了一下小抄，唸）我媽說：「樹根若站得穩，不怕樹尾做風颱[11]」我就是那種人。我不是歪嘴雞吃好米[12]，妳要是不嫌棄我，我不會虧待妳，人家說：「醜醜尪，吃不空[13]」。妳去想：「種到爛田

---

10 台灣俗諺。喻結婚應該慎選對象，門風指的是對方的家庭背景及地方風評，祖公指的是家世淵源。

11 台灣俗諺。如果樹的根部是穩固的，就不怕樹梢被颱風刮掃，大風大雨也不會倒。喻人做事若能如樹根，穩紮穩打，那再大的風浪也絆不倒。

12 台灣俗諺。意指一個人本身條件不好卻妄想得到或享受好東西。

13 台灣俗諺。意指丈夫雖然貌醜，但是比較可靠。

等後冬，嫁到好尪一世人[14]」，（不斷以手指自己，示意徵婚女子，自己就是一個好丈夫）妳說對不對？

徵婚女子：（閩南語）對。

學歷很低者：等一下（翻小抄），我媽說——（一直傻笑）抱歉，我媽沒笑，是我笑。我媽說：「一個老婆，勝過三個天公祖[15]」。我——（因小抄字跡模糊，無法確認，詢問對方）對不起這兩個字怎麼唸？

△　學歷很低者起身，將小抄拿給徵婚女子看。

徵婚女子：（看小抄，國語）盼望！

學歷很低者：（仍不懂是什麼意思）啥踛[16]？

徵婚女子：（國語）盼望！

學歷很低者：（仍聽不懂）什麼旺旺？

徵婚女子：（國語）盼——望！

學歷很低者：（思索貌，國語）⋯⋯望！（恍悟貌）對，盼望，（埋怨地）這阿文不知怎麼寫的！（轉身，朝外大叫）阿文—— 阿文——（忿忿地）跑哪兒去死了？

△　徵婚女子被學歷很低者的反應嚇到，緊張地起身，看

14　台灣俗諺。意指婚姻大事輕忽不得，因為影響深遠。

15　台灣俗諺。老婆能夠煮飯、洗衣服、生孩子，所以勝過天公祖（神明），之前清統時代只允許有度台證的單身男子到台灣，那時男女比例嚴重失衡，想討老婆十分不容易所以，能夠娶到一個老婆，勝過三個神來幫助你。

16　較粗俗的閩南語用詞，意思為：「什麼？」

著學歷很低者。

學歷很低者：（回座）抱歉。（看小抄）啊！（指小抄）這裡有寫「抱歉」。（看著小抄唸）我願望妳能瞭解我卡多，我平常晚上下班九點多才回到家「吃屎拉飯」——（驚覺唸錯，懊惱地轉過頭去，不敢看徵婚女子）對不起，阿文寫反了。

△ 徵婚女子尷尬地點頭微笑著。

徵婚女子：嗯……（試圖轉換輕鬆的話題）你平常有什麼消遣？

學歷很低者：什麼「遣」？

徵婚女子：娛樂！

學歷很低者：樂透？

徵婚女子：（換另一種問法）你有沒有什麼興趣？

學歷很低者：（國語）興趣？（閩南語）興趣！等一下（低頭翻小抄），（興奮地）這裡有寫啦！（看著小抄，唸）興趣很多，在家裡我都看港劇錄影帶，我好喜歡周星馳[17]，周星馳好好笑，有一部電影叫（思索貌）……

徵婚女子：《少林足球》？

學歷很低者：（否定徵婚女子，繼續低頭思索貌）妳不知道！妳不懂啦！……忘記叫什麼啦！周星馳在電影裡面翻跟

---

17 著名香港喜劇演員，主演電影包括：《逃學威龍》、《鹿鼎記》、《西遊記》、《食神》、《少林足球》、《功夫》、《長江七號》等。

斗，然後爬起來，對那個女生這樣笑（起身，模仿周星馳的搞笑動作，猛對徵婚女子笑鬧著，徵婚女子尷尬地看著他。稍頃，停頓，發現自己行為不當，自語）阿文編這個幹什麼？不好意思！（回坐，繼續拿小抄唸）若妳覺得有趣味，我人還不錯，我苦勸妳，「不要撿呀撿，撿到賣龍眼的[18]」，我人還不錯。我苦勸妳，「不要一顆珍珠，放到變成一粒老鼠屎[19]」。

徵婚女子：（不流利的閩南語）歹勢！我聽不太懂！

學歷很低者：免歹勢！——（翻小抄，慌張地）都沒了？！（停頓片刻）我感覺我是一個商品，妳若不願意買妳現在就告訴我！好嗎！？

△　兩人往來幾句未置可否的虛字。

徵婚女子：嘿呦[20]？

學歷很低者：嘿呦？

徵婚女子：嘿弄[21]！

學歷很低者：嘿弄！

徵婚女子：嘿呦？

學歷很低者：啥跉！？

△　燈光漸暗。

---

18 台灣俗諺。喻百般挑剔，結果挑到的也不怎麼高明。

19 台灣俗諺。喻有價值得東西放著不使用，就如同老鼠屎一般，變成了廢物。

20 閩南語發語詞，意指「是喔？」

21 台語發語詞，意指「是啊！」

S10

環遊世界的男人

情境：

某劇團持續彩排，進行至第七場〈環遊世界的男人〉。

場景：

啤酒屋。（舞台中央有一門框，象徵啤酒屋的出入口。

舞台左側有一小型吧台。）

角色：

環遊世界的男人（本場次簡稱為環遊世界者）、徵婚女子、某某人。

△　幻燈字幕：

「第七個　環遊世界的男人」

△　燈光漸亮，徵婚女子已在吧台前。稍頃，某某人自一角，上，她拿起被擱置在舞台上的那一大袋便當。

△　稍頃，環遊世界者，上。

△　徵婚女子、環遊世界者，二人微醺狀。

徵婚女子：男人、女人對家庭的定義都不太一樣。

環遊世界者：是，我有同感。有時候真的很難找朋友出來玩，我覺得「花錢請別人喝酒還被別人的老婆罵」真的很沒意思。一個沒有事業、又沒有家庭的男人的心情我最瞭解——（看著某某人）「 很悶喔！」

某某人：（插話）我真的很悶！

徵婚女子：大概是這間啤酒屋的空氣吧！（對環遊世界者）你常來嗎？

某某人：（走至男、女主角中間，插話）第一次！

環遊世界者：（被某某人干擾以致於回應徵婚女子）好巧，我也是第一次。

某某人：（插話，對女主角）一起聊吧！

環遊世界者：（跳出角色，對某某人，即興）拜託妳離開，我們在演戲！

某某人：（不悅地）演戲的都不用吃便當喔！？奇怪！

△　某某人帶便當，下。二人回戲。

環遊世界者：好巧！我也是第一次！以前我只去一家小啤酒屋，叫做「Beer Corner」，好小，裡面只有三張小桌子，好擠哦！（模擬因場地很窄小而扭捏的肢體動作，笑）其實，我結婚了，妳介意嗎？（徵婚女子不語）我前妻好賭，跟一個男人跑了，後來我跟一家旅行社輾轉到巴拉圭闖天下，（西班牙文）「kiaro resbato mivita」——

徵婚女子：（試著重複）「kiaro...」我不懂……

環遊世界者：是西班牙文，「我想重新生活」。後來我就環遊世界，去了好多地方，巴黎、倫敦、瑞士，最後我到了日本。

徵婚女子：我覺得日本人他們有種族歧視，他們很排外。

環遊世界者：見仁見智。我剛到日本的時候，我就認識很多「high class」的朋友，我剛去時，我不好意思告訴他們我是出國唸書學日文，我騙他們說我是出國考察你們。（拿出一封日文信給徵婚女子看）妳看！

徵婚女子：（翻閱信件）都是日文，我看不懂。

環遊世界者：這些都是我的履歷表，這幾天我都在整理我的履歷表，每天fax到日本去。

徵婚女子：（興味索然地將信件交還給環遊世界者）我想回家了。

△　徵婚女子拿起桌上的帳單，欲下。

環遊世界者：（慌張地）喔！（指帳單）我來買單、我來買單。本來我想請妳到別的地方喝酒，沒想到妳這麼早就要走。我來買單。

徵婚女子：（將帳單交給環遊世界者）那就謝謝你囉！（往外走，停步，回頭）那你呢？

環遊世界者：我現在回家還早，我想找朋友出來喝酒，我待一會兒會去網咖找朋友出來玩，如果在網咖找不到朋友，我今天會在網咖過夜。

徵婚女子：（驚訝地）網咖？

環遊世界者：（逕自興奮地說著）那家網咖叫「Give me five」，老闆是我小學同學，而且我們真的是穿同一條內褲長大的，我沒事就會去他的網咖，平常一去會待七、八個小時，有時候半夜無聊就去那裡待到天亮，我最高紀錄是在那間店待了三天，七十二個小時……

徵婚女子：（欲結束話題）那我要走囉！

環遊世界者：Ok ！（仍逕自說著）妳知道嗎？三天一到，我付錢給他，他都不收，有時候我硬要付，他就收我一百塊，妳知道，象徵性的……

徵婚女子：那你小心一點！

環遊世界者：Sure！一個人有三十年交情的朋友是不是很難？很難！妳知道嗎？現在這個社會那麼冷漠——

徵婚女子：（打斷）所以……再見了！

環遊世界者：Ok ！（拿起桌上的帳單）買單！ Bye bye ！

徵婚女子：Bye bye ！

△　徵婚女子、環遊世界者，各往一角，欲下。

環遊世界者：（突然想起忘了拿皮包，驚呼）啊！

徵婚女子：（被環遊世界者的驚呼聲嚇到，尖叫）啊！？

環遊世界者：Excuse me!

徵婚女子：（驚愕地）怎麼啦！？

環遊世界者：（指座位上的背包）我的包包！（上前，拿起包包。看著徵婚女子）嗨！（作打電話狀）Call me!

徵婚女子：（微笑應付）Call you!

△　燈光漸暗。

S11

不好意思的處男

情境：

某劇團彩排進行到第八場〈不好意思的處男〉。

場景：

電話亭、臥房。（舞台左側置有一座電話亭與一把椅子；舞台右側置有一平台，代表床。）

角色：

不好意思的處男（本場次簡稱為害羞的處男）、徵婚女子、舞台監督、置景人、導演。

△　置景人在一角，手上拿著叫人鈴，按鈴模擬電話鈴聲音效。

△　燈光微亮。

△　害羞的處男（說話大舌頭，以下同）與徵婚女子已在場上。害羞的處男坐在舞台左側的椅子，徵婚女子躺在舞台右側的平台上。

徵婚女子：（被電話鈴聲吵醒，起身，接電話狀）喂！哪位……喂！……請講話……

害羞的處男：（講電話狀）又是我……

徵婚女子：「我」是誰？「我」是哪一個「我」？

△　幻燈字幕：

「第八個　不好意思的處男」

害羞的處男：是我姊姊叫我打電話給妳試試看。

徵婚女子：（恍悟貌）噢！你就是那位沒有工作，而且不擅言詞的那個——

△　場燈亮，置景人站在害羞的處男旁。

害羞的處男：請妳多多包涵，陳小姐，我個性其實是很拘謹，不懂得交朋友。妳是真的想結婚嗎？

△　置景人調整電話亭擺設的位置，示意男主角進入電話亭內。

徵婚女子：是啊！我是真的想結婚……（男主角沒有回應，正在與置景人爭執中）喂……

△　稍頃，男主角依置景人指示，走入舞台左側的電話亭內。

害羞的處男：（即興）陳小姐，我剛才在家裡打電話，我現在在電話亭打。（回復原台詞）陳小姐，其實我只是想交朋友「而已」。

徵婚女子：是交朋友還是交女朋友？

害羞的處男：（傻笑）我從來沒有交過女朋友。

△　置景人又前去指揮男主角，示意他走出電話亭。

徵婚女子：那你有什麼其他的經驗嗎？（男主角沒有回應）喂……

△　男主角只好又從電話亭裡走出來，坐回椅子上。置景人又調整電話亭位置，擺放在舞台中央。

害羞的處男：（即興）陳小姐，我現在又回家打電話了。（回復原台詞）妳剛才說什麼？

徵婚女子：我說，你有沒有其他的經驗？

害羞的處男：性經驗哦？有啦！（傻笑）是我姊姊——

徵婚女子：（驚訝地）什麼？你跟你姊姊？

害羞的處男：不是啦！是我姊姊說，一個男孩長這麼大，當處男不好，她就帶我去一家理髮店。花了兩千塊——only one。

徵婚女子：（笑）喔！你姊姊很open嘛！

害羞的處男：什麼？

徵婚女子：（改口）我是說，她很在乎你。

害羞的處男：（傻笑）陳小姐，其實不只一次啦！

△　置景人不悅地糾正男主角所在的位置錯誤。

置景人：（插話）不對啦！

害羞的處男：（誤以為置景人提示他台詞說錯）有兩次。

置景人：（不耐地，插話）不對啦！

害羞的處男：（更改台詞）總共有三次。

置景人：（不耐地，對男主角）你打電話要在電話亭裏打。（示意男主角走進電話亭）你過來！

△　男主角聽從置景人的指示，朝電話亭方向走過去。

△　彩排因置景人的干擾而臨時中斷。舞台監督只得上台協調。

舞台監督：（不悅地）不對啦！（對置景人）你過來。

男主角：（誤以為舞台監督在對他說，朝舞台監督走過去）我過來吧！

舞台監督：（指置景人）世文，你過來！

置景人：（驚訝地，朝舞台監督走）我過來？

舞台監督：（示意置景人）你把電話亭推過來！（斥責地）電話亭的位置擺錯了。

△　置景人再次將電話亭推至舞台左側一角定位。

舞台監督：（示意男主角）好，你進去。

△　置景人誤解舞台監督，立刻走進電話亭內。

舞台監督：（不耐地，對置景人）你出來，他進去。

△　置景人不耐地走出電話亭，男主角進入電話亭內。

置景人：（不耐地，對舞台監督大小聲）一個電話亭搬來搬去，你叫他改打手機嘛！

舞台監督：好了、好了，（示意置景人離開舞台）你進去啦！

△　置景人又誤會舞台監督要他走進電話亭，隨即立刻進入電話亭內，男主角被置景人推擠出來。

舞台監督：（將置景人推出電話亭，再次示意他離開舞台）進裡面去啦！

△　舞台監督把置景人推出電話亭，自己卻不經意地走進電話亭內。

置景人：（對舞台監督，嘲諷地）到底誰是處男啊？

舞台監督：（激動地，反嗆）我……（停頓，回復舞台監督身份，對男、女主角）對不起，好了，你們繼續。

△　舞台監督依然停留在電話亭裡，與置景人低聲爭論。

害羞的處男：（走向電話亭，對舞台監督，即興）先生，你還要用電話嗎？

△　舞台監督一愣，隨即走出電話亭。

△　男主角進入電話亭，回復彩排。

△　舞台監督與置景人移動至舞台一角，兩人繼續爭論著。

害羞的處男：（即興）陳小姐，妳還在家哦？我剛才家裡發生一點糾紛，是我們家養的（瞪著置景人與舞台監督）兩條土狗在咬來咬去。

△　徵婚女子笑。

△　舞台監督搬走場上的椅子，推著置景人，二人下。

害羞的處男：（回復原台詞）其實，陳小姐，總共有三次（傻笑）。我和姊姊她們同事去礁溪洗溫泉啦！我們剛進去的時候，他們就介紹一個小姐給我，那個小姐「臉蛋普通，身材不錯」。剛開始的時候，我們進到一個房間就說那個（傻笑）……有的沒有的。然後她就走進浴室，用手一個一個把它打開……

徵婚女子：（震驚地）什麼？什麼打開？

害羞的處男：水龍頭啦！然後我就把電燈關掉，（笑）房間就烏漆抹黑，（愈說愈興奮地）然後我就有感覺，她就用手那個那個（傻笑）……

徵婚女子：（跟著害羞處男的情緒，也興奮了起來）哪個……哪個……

害羞的處男：洗杯子啦！（停頓）奇怪，妳們女孩子都會想歪！

△　置景人，上。

置景人：李國修，你的電話。

男主角：（不悅地，對置景人）我正在打電話。

置景人：有個女的打電話到後台找你。

△　男主角會意，走出電話亭。彩排再度中斷。

男主角：天心，我去接個電話。

△　男主角急忙奔下。

置景人：（小聲地說）天心！天心！

女主角：幹嘛？

置景人：（走進電話亭，飾演害羞的處男）陳小姐，妳還在家喔！？

△　女主角不耐。

△　導演，上，站在台下的觀眾席某處。

導演：（透過麥克風說話，威嚇地）世文！

△　置景人一驚，立刻推動電話亭，佯作置景狀。

導演：（命令地）下去！

△　置景人推著電話亭，下。

導演：（對女主角）我想跟妳討論一下陳小姐！

女主角：（狐疑地）陳小姐！？

導演：陳玉慧。

女主角：陳玉慧！？

導演：徵婚啟事小說的原著作者——陳玉慧小姐。

女主角：（不耐地）導演，我人不舒服。

導演：（對音控室）阿剛！先給我音樂cue十六，go！

△　音樂漸揚。

△　燈光漸暗。

S12

六十歲的將軍

情境：

某劇團彩排進行到第九場〈六十歲的將軍〉。

場景：

茶藝館。

角色：

六十歲的將軍（本場次簡稱為將軍）、徵婚女子、導演、服裝管理、置景人。

△　燈光漸亮，舞台上的女主角與導演仍僵持著。

△　將軍（上海口音），自一角，上；服裝管理推一面穿衣鏡，上。

服裝管理：天心姐，換戲服了！

男主角：現在怎麼樣，導演？

導演：繼續。

△　鏡子前方，服裝管理正在幫女主角換衣服。

△　置景人，上，將場景轉換成茶藝館（舞台中央置一平台，平台上有一和式矮桌。茶藝館）。

將軍：台灣女人很難搞，以前喜歡嫁給軍人，現在不一樣了，很麻煩。我最近覺得自己沒有老伴，很憂鬱。想找一位溫柔、體貼的姑娘，把家交給她。妳看看，（指著自己，來回走動，靈活地伸展身體狀）我看起來五十歲不到，妳看合不合適？

△　服裝管理仍在幫女主角換衣服。女主角仍一臉不悅地，不想接台詞。

導演：（示意女主角）妳講話。

女主角：（不悅地）妳講啊！

導演：（代女主角講台詞）坦白講，我不想考慮，因為年齡相差太懸殊。

將軍：那不一定，老少配最合適。

△　導演看著女主角，女主角仍不想接續台詞。

女主角：（調侃地，對導演）很好啊！繼續啊！

導演：（代替女主角講台詞，但是接錯台詞）妳心裡一定很難過。

男主角：（跳出角色，對導演）妳台詞接錯了，妳讓（指女主角）她講話。

△　女主角終於恢復飾演徵婚女子，導演走向舞台一角。

徵婚女子：你那麼多年一直單身，為什麼反而想結婚——

導演：（對燈控室）幻燈字幕，cue九——

△　幻燈字幕：
「第九個　六十歲的將軍」

女主角：（對導演的干擾感到相當生氣）喂！（對導演，冷冷地）我頭痛，你們繼續吧！

△　女主角把身上的圍巾交給服裝管理，甩頭離開，下。

△　服裝管理逕自照著鏡子，置景人不時地跟服裝管理嘻笑、打鬧。

△　男主角心不在焉地排演著。

導演：（代接台詞）你從來沒有遇到過什麼結婚的對象嗎！？

將軍：我曾經有個未曾謀面的未婚妻——

導演：（提示男主角）上海腔。

將軍：我一輩子都在還未婚妻的債——

導演：（提示男主角）你的上海腔。

將軍：（轉為上海口音）痛苦了四十多年。

導演：（代女主角接台詞）你心裡一定很難過？

男主角：（嘆氣）唉！（突然跳出角色）導演，這場戲算排完了，我去打電話。

△　男主角急忙欲奔下，被導演叫住。

導演：國修，你還有一段台詞！

△　男主角只好折返回來。

導演：（代接台詞）你的未婚妻後來怎麼了？

將軍：（上海腔調）事情是發生在一九四九年。國軍從上海撤退，我先到了台灣，我未婚妻沒有買到船票，只好坐下一班船。我到了基隆碼頭，望穿秋水，撲了空……原來船沈到海底了。那一次天人永隔，我有兩個月沒有說話，我被送到台大醫院做心理治療。

△　將軍拿出手帕，掩面哭泣。

導演：（對燈控室）燈光五秒燈暗、五、四、三、二……（場上燈光沒有任何變換，暴怒地）燈光？為什麼不暗燈？

男主角：（情急地）導演，我去打個電話。

△　男主角往外走。

導演：（急忙叫住男主角）等燈光暗……等燈光暗。

△　男主角無奈地走回原位，以手帕掩面哭泣。

△　此時，大幕緩緩降下至離地面約四分之三處。

導演：（生氣地）燈光暗，不是落大幕。

男主角：（離開角色，不耐地）要等到哪一年啊？

△　男主角，下。

導演：（生氣地）你在哪裡？狄志杰！

△　燈光漸暗。

S13

導演

情境：

某劇團因大幕故障而導致彩排暫時中斷。

場景：

舞台上。

角色：

女主角、燈光師、置景人、導演、舞台監督、服裝管理。

△　燈光漸亮，大幕仍停留在離地面約四分之三處。

△　女主角站在鏡子前，燈光師在暗處。

燈光師：天心——

女主角：（苦勸）不要離婚。

燈光師：我已經決定了。

女主角：（哀求地）不可以！

燈光師：（懇求地）我可以走到妳身邊嗎？！

女主角：（堅決地）你不可以離婚！我再說一次，你絕對不准跟她離婚！

燈光師：（痛苦地）現在跟我講這些有什麼用？我陷得這麼深。我只要一上床、閉上眼睛，妳的臉就會出現在我的腦海，像海浪一樣，一波一波的，我擋也擋不住。（慢慢走至女主角身邊）妳知道我在乎妳每一分每一秒的反應和感覺——

女主角：（略激動地）我是不會離婚的。（慌亂地在舞台上來回走動）我跟你不一樣，你只是個平凡的老百姓，你只是一個在舞台上走來去，調調燈光、換換色紙的燈光師。而我——（意識到剛才的話傷害了燈光師，歉疚地）對不起。

燈光師：（停頓）妳敢不敢說「妳愛我」？

女主角：（冷冷地）你太太懷孕了……（燈光師沉默不語）你太太懷孕了！（難過地）這是第一胎，你很幸福——

燈光師：（堅決地）妳知道我只愛妳！

△　燈光師奔上前，擁抱女主角。二人緊緊相擁。

女主角：（哽咽地）你一定要回到她的身邊，她沒有做任何對不起你的事情——

燈光師：妳為什麼要這麼殘酷——

女主角：她是無辜的——

燈光師：這麼絕情——

女主角：（自責地）整件事情你怪我好不好？

燈光師：（心疼地）所有的事情，怪我，行不行？

△　二人自責不已。

女主角：聽我說，我不好，你怪我——

燈光師：所有事都怪我——

女主角：

（同時，愈來愈激動地）怪我……怪我……

燈光師：

△　置景人與舞台監督，上。

置景人：（激動、生氣地怒吼著）你要怪我嗎？！怪我嗎？

舞台監督：我叫你拉這片懸吊桿！你拉大幕幹什麼？

置景人：（激動地）你說拉、我就拉，你又沒有說拉哪一條？

舞台監督：（好聲好氣地）好，我現在拜託你把大幕拉回原位，好不好？！

置景人：（撇清責任）那不是我的事。

△　導演及服裝管理拿著黑道大哥服裝，上。

服裝管理：狄志杰！你太太打手機找你！我說你在忙！

置景人：（對服裝管理，溫柔地，低聲說）依璁，今天晚上十點，壹零貳零喔！

服裝管理：（笑）好啊！

舞台監督：（強壓怒氣地）世文！把大幕拉回去！

置景人：（暴怒地）沒辦法啦！

服裝管理：導演！我找不到男主角——

舞台監督：（不悅地，對置景人）搞清楚你是來工作還是來談戀愛的？

服裝管理：（誤會舞台監督在對她說話，激動地反駁）誰要跟他談戀愛！？

△　燈光師，下。

舞台監督：（對服裝助理）我又沒有講妳，妳幹嘛對號入座？導演！我馬上處理。（再次示意置景人處理大幕的問題）世文！

置景人：（再次強調，對舞台監督）那不是我的事！

導演：（不悅地，對置景人）那是誰的事？

置景人：（轉換態度，委屈地，對導演）大幕卡住了啦！這個我不懂，我不會修啦！

導演：誰搞壞的？

置景人：（怯懦地）我啊！（害怕地向後退兩步）我怎麼知道會卡住？

導演：（對置景人束手無策，只好叫舞台監督處理，命令地）舞監！

舞台監督：（無奈地）我去修！

導演：世文，你陪舞台監督上去。

置景人：上去？！

導演：爬到上面絲瓜棚[22]修大幕！

置景人：（抬頭向舞台上方看，突然腳軟，閩南語）我是拿妳多少錢？我掉下來誰賠呀！？誰賠呀！？

△　舞台監督不理會置景人，逕自外走走去，下。女主角，欲下。

導演：（叫住女主角）天心！我不管妳發生什麼事，我也不關心妳的私生活，演戲就是演戲，等彩排結束、大幕落到地板上，妳在大幕裡面崩潰，我都不在乎。我對觀眾負責，妳對我負責，我只要看見一個演技精彩動人的天心！

22　位於舞台上方，可供工作人員架設燈光或調整懸吊景時站立的鐵網，因狀似絲瓜生長的棚架，故名。

女主角：（倔強地）很好！明天首演我會給妳一個不一樣的天心！

導演：（停頓，冷冷地）我現在就要看見！

△　導演，下。

△　沉默。

服裝管理：（天真地）天心姐！妳跟妳老公怎麼了？

置景人：（急忙制止）不要問啦！

服裝管理：噢！（又忍不住追問）那妳跟狄志杰怎麼了？

△　舞台燈光全區乍亮。

置景人：（意指燈光瞬變是狄志杰所為）志杰聽見了！

△　舞台燈光急收，場上燈光全暗。

S14

想成家的公務員

情境：

某劇團彩排進行到第十場〈想成家的公務員〉。

場景：

料理店。

角色：

想成家的公務員（本場次簡稱為公務員）、徵婚女子。

△　幻燈字幕：

「第十個　想成家的公務員」

△　燈光漸亮，大幕仍卡住。兩人已在平台上，相對而坐。

公務員：（拘謹地）我的學歷只有高中畢業。因為條件不是很好，怕妳介意。我是在公家機關做事，是想結婚，（探問）妳在乎我的學歷嗎！？

徵婚女子：（感到不自在卻故作輕鬆地）高中畢業就高中畢業嘛！

公務員：（嚴肅地）陳小姐！（提醒）是我在徵婚吶！

徵婚女子：（顯得拘謹了起來）是。你徵婚有什麼條件嗎？！

公務員：（認真、嚴肅地）我……在乎健康狀況，我覺得健康最重要！（結巴地）我……是覺得每個人都有多面性格……我……不太會講話。

徵婚女子：（故作輕鬆地）那你對婚姻有什麼看法?

公務員：（愈來愈緊張地）婚姻啊？

徵婚女子：嗯！

公務員：（緊張不安地）婚姻啊……

徵婚女子：（緩和緊張的氣氛，笑）婚姻！

公務員：（思索貌）婚姻是——要抱三分運氣走進去！婚姻是……沒有結婚的人想鑽進去，結過婚的人想鑽出去。（緊張地）我覺得回答妳的問題好像是參加高普考，妳讓我覺得很緊張。

徵婚女子：（尷尬地）會嗎？（提議）要不要換個座位？這邊靠窗可能會好一點。

公務員：（表示贊同地）好……

△　兩人起身、欲換座位，遂發現包廂走道窄小，僅能容下一人通過。

公務員：對不起，房間好小啊（笑）！妳走前面……（二人在狹隘的走道上錯身而過）好擠啊！

△　公務員趁機摸徵婚女子的臀部。

徵婚女子：（驚嚇、尖叫）啊……

公務員：（大聲地）對不起……（停頓，自語）好圓啊！

徵婚女子：（驚愕地）什麼？

公務員：（看著窗外，自圓其說）今天晚上的月亮好圓啊！（停頓）我……快四十二歲了，也不曉得這輩子可不可以有個兒子——

△　二人坐下。

徵婚女子：（打斷）你剛剛說，「每個人都有多面性格——」

公務員：我是覺得，現在這個社會，很多人都想有個家，但是很少人知道家是什麼！

徵婚女子：（好奇地）家是什麼？

公務員：（笑，反問）家是什麼？

徵婚女子：（期待地）是什麼？

公務員：（不斷重複）是什麼？

徵婚女子：（略不悅地）回答我啊！？

公務員：（恍悟貌）喔……很簡單嘛！妳看「家」這個字，（邊講邊比劃著，在空中寫出來）就是「寶蓋頭加一隻豬」嘛！

徵婚女子：（困惑地）什麼意思？

公務員：就是說，如果妳要成家，就要有——我是一隻豬的心理準備。所以我不敢貿然成家，我考慮事情都會面面俱到，想任何一件事情至少要想五年！

徵婚女子：（委婉、客氣地）那你慢慢想吧！我想回家了。

△　徵婚女子起身，公務員亦起身，擋住徵婚女子的出口。

公務員：（情急，追問）我可以去妳家嗎？！

徵婚女子：（驚訝地）什麼？

公務員：（解釋）我想看看妳家的裝潢，看裝潢可以知道一個人的性格！（緊張地）我覺得我面對妳真的好像一個考生，我有順利通過考試嗎？

徵婚女子：（尷尬地，笑）祝你好運——

公務員：（誠懇地）如果有好消息請妳用限時雙掛號通知我。

徵婚女子：（笑）再見！

△　、徵婚女子欲下，公務員讓出走道來。

公務員：妳走前面，請請請——

△　二人錯身而過，公務員又趁機摸對方的臀部。

徵婚女子：（驚嚇狀）啊——

公務員：（故作驚慌地）對不起！

△　燈光漸暗。

S15

黑道大哥

情境：

某劇團彩排進行到第十一場〈黑道大哥〉。

場景：

夜晚街燈下。（舞台降下一塊繪有街燈夜景的圖板。）

角色：

黑道大哥、徵婚女子、某某人。

△　燈光漸亮。徵婚女子已在場上，黑道大哥自一角走來。

黑道大哥：（突兀地）如果妳愛我，我可以為妳付出一切。

徵婚女子：（尷尬地傻笑兩聲）你第一句話就把我嚇到了！

黑道大哥：妳是一個很敏感的人。不錯，我的確不是一個很單純的人。我覺得妳像是一個飽受感情摧殘的女人！妳可能需要有人安慰，我可以保護妳。

△　黑道大哥快速走至徵婚女子旁，徵婚女子急忙閃躲至另一角。

徵婚女子：（以笑掩飾恐懼）也許吧！但是，不應該是這種單刀直入的方式，沒有人用這種接近威脅的口吻談感情。

黑道大哥：不錯，我的確不是一個很單純的人。我現在……（左右張望、確認四下無人）我現在把我的身份告訴妳，但是妳不要告訴任何人——

△　黑道大哥湊向徵婚女子耳邊，對她耳語。

△　幻燈字幕：

「第十一個　黑道大哥」

徵婚女子：（驚訝地）大哥！

黑道大哥：（點頭，笑）我沒有家，我沒有結婚，我一直住在旅館。

徵婚女子：（好奇地）你靠什麼維生？

黑道大哥：（遲疑地）我是……我是給一個舞廳小姐「包」的。她很愛吃醋，每天回家都會檢查我的床單有沒有皺紋？

徵婚女子：（笑）她很老練。

黑道大哥：我喜歡成熟的女人，女人在我的眼裡都很漂亮，反正我喜歡女人就對了。

徵婚女子：不喜歡男人？

黑道大哥：那要看是什麼關係！來啦！。（示意徵婚女子走靠近他身邊）我希望妳瞭解我多一點，過來啦！

△　徵婚女子遲疑，不敢靠近。

黑道大哥：過來啦，不要怕。妳放心，我有洗澡啦！

△　徵婚女子緩緩地走近黑道大哥身邊。

黑道大哥：我跟妳說，我小學一年級開始吃檳榔，國中一年級就跟女生發生性關係。我十八歲那一年去當午夜牛郎，兩萬塊陪男人睡一次覺。午夜牛郎那次之後，我去當殺手，在賭場幹保鏢（露出兇惡的目光）。殺手需要訓練，我最感激的是正在日本逃亡的槍擊要犯（日語）「黃桑」給我的啟蒙。他要求很嚴，他把我和一隻沒有吃飯的狼狗關在一個鐵籠裏！

徵婚女子：（驚訝地）你跟狗一起？

黑道大哥：鐵籠外面寫一張紙條，上面有四個字「替天行道」。我好佩服他。

徵婚女子：（感到害怕地）是！

黑道大哥：有時候，當我心情不好的時候，我會在路邊抓一隻野貓——

徵婚女子：（驚奇地）幹嘛？

黑道大哥：我會把牠活活虐待死掉，我會讓那隻貓的尾巴長在嘴巴上！

徵婚女子：（感覺噁心地）不會吧！

黑道大哥：（笑）我看妳都起「雞母皮[23]」了。（笑）不要害怕啦！

△　某某人提著一大袋便當，上，男主角轉身差一點撞到她，嚇了一跳。

黑道大哥：我跟妳說，我有一個朋友的朋友，他說他懂「電流感應」。

徵婚女子：（訝異地）這種人不多！

黑道大哥：全台灣只有一個！我不曉得妳有沒有認識他！？

徵婚女子：（急忙否認）不認識。

黑道大哥：他說像我這種人的命，不是極好就是極壞。

徵婚女子：那你自己怎麼想？

---

23 閩南語直翻成國語，意為雞皮疙瘩。

黑道大哥：（不以為意地，閩南語）我聽他在「放臭屁」。（國語）我都不知道，所以我要活活看啊！

△　燈光轉換。

S16

某醫師

情境：

某劇團的彩排再度中斷。

場景：

同上場。

角色：

男主角、女主角、某女友、導演、某某人、某醫師、燈光師、置景人、服裝管理。

△　導演自一角上，打斷彩排的進行。

△　舞台上的燈光桿漸降。

△　某某人仍停留在場上。某女友自另一角，上。

導演：（不耐地）天心！

男主角：什麼問題？

導演：你沒有問題，國修，有個女的打電話找你。

△　男主角，下。置景人與燈光師，上，至燈桿前換燈光色片。

導演：天心！妳有沒有發現，妳今天的情緒沒有比排演室好？

女主角：（侷促不安地）我有壓力。

導演：（不悅地）誰沒有壓力？今天活在台灣的每一個人誰沒有壓力？

某某人：（不悅地，對導演）我的壓力最大啦！你們訂的便當我帶回去被老闆臭罵一頓。（大聲罵）你們訂便當為什麼沒有人承認？訂便當很丟臉嗎？

△　服裝管理，上。

某女友：（按耐不住地）Christine！我沒有辦法再等了。

某某人：（暴躁地）我也是！

女主角：（對某女友）妳先回去，我給妳打電話——

導演：（看著某某人，指使女主角）妳先下去換戲服！

某某人：（誤以為導演在對她說話，不悅地）我是送便當的，我換什麼戲服？！

△　某醫師，上。

某醫師：請問一下，哪一位是導演先生？

某某人：什麼事？

某醫師：（誤以為某某人是導演，對某某人）這是十萬塊錢的支票，請妳收下。

某某人：（拿支票，十分訝異地）十萬？這麼多？（接過支票，順勢將便當遞給某醫師，開心地）你要訂幾個便當？

某醫師：（驚愕地）什麼？

導演：（對某醫師）我是導演。

某某人：（開心地笑，自語）要不就沒錢，要不就來十萬？

某醫師：（對導演）妳是導演！？（對某某人）喂——（搶回某某人手上的支票，罵）想騙我的錢哦！（走向導演）導演先生——

導演：（糾正某醫師）小姐！

某醫師：小姐！（手上拿著一大袋便當，一時口誤）這是十萬塊錢的便當……

△　某某人急忙搶回那袋便當。

某某人：（不悅地，罵）你想騙我的便當喔？

某醫師：（對導演）我姓張，我叫張鐵城。我承認，我是有跟陳玉慧徵婚，但是我想請你們不要把這個戲演出來——

導演：（苦笑）什麼——

某醫師：（誠懇地）至於你們的損失，我負責賠償，這是十萬塊支票，請妳收下。真的不要把我的部分演出來。

導演：（極力解釋）這只是一齣戲，舞台上每一個徵婚的男人都是無名無姓！不會有觀眾知道我們正在演你們的故事——

△　大幕正緩緩地落下。

某醫師：（急切地）我太太會知道，妳不能破壞我家庭的幸福！

導演：（急忙走向舞台前緣，大喊）誰在落大幕？

△　大幕落定，只有某女友與導演站在大幕前，其他人皆被擋在大幕後方。

某女友：（走向導演）也許我應該讓妳知道這件事，天心的壓力來自於我。

導演：跟妳沒關係。她在別的圈子可以耍大牌，在我面前不必，（忿忿地）我不吃她那一套！太不敬業了。

某女友：我很愛她！

導演：（順口回應）我也是。

△　某某人自大幕內鑽出。

某某人：（對導演）我來找便當的。

導演：（對某女友）我也是，我也很愛她，她很好，我比妳還愛她！

某女友：我們是lesbian。

導演：（探問）女朋友？天心是妳的女朋友？

某女友：請妳幫我轉告她，沒有和她溝通清楚之前，我不會離開這裡。

某某人：（對某女友，哀求地）可是我想離開這裡，便當妳付錢，好不好？

△　某女友不理會某某人，下。

導演：給我十五分鐘。

某某人：（對導演，哀求地）我不能再等十五分鐘了！

導演：（高聲宣布）「某劇團」中場休息十五分鐘——

某某人：（困惑地）中場休息？（恍悟貌）「休息」時間可以吃便當了吧！？（對燈控室，大聲叫喊）下來吃飯，那個……什麼鳥！？

△　某某人，下。

△　導演逕自走至舞台右側鏡框外，呆坐在舞台前緣，三分鐘後，下。

△　燈光漸暗。

——中場休息——

S17

他有省籍情結

情境：

某劇團繼續進行彩排至第十二場〈他有省籍情結〉。

場景：

某百貨公司的櫥窗前。

角色：

省籍情結者、徵婚女子、導演。

△　開演前一分鐘，導演出現於大幕前舞台左側徘徊走動。

△　大幕起，燈光漸亮。男、女主角已在場上。

△　導演在舞台前緣看著二人的彩排。

省籍情結者：（嚴肅地）妳是本省人還是外省人？

徵婚女子：我父親是北京人，母親是台灣人。

省籍情結者：（肯定地）妳算是外省人！我的省籍觀念很重，本省人我處不來。

徵婚女子：（驚異地）不會吧！大家都在台灣長大。

△　幻燈字幕：

「第十二個　他有省籍情結」

省籍情結者：（再次強調）我跟本省人處不來，我的老闆就是本省人，我和他思想、觀念差很多。他們非常不注重生活品質。

徵婚女子：（笑）我一點都不覺得。

省籍情結者：這是一種感覺。我最喜歡看文藝片，《亂世佳人[24]》我看了好幾次。

徵婚女子：（好奇地）《亂世佳人》跟生活品質有什麼關係？

省籍情結者：我從電影裡面可以學到很多生活哲理——

---

24 美國電影《亂世佳人（Gone With The Wind）》，由克拉克蓋博、費雯麗主演。為一部描述美國南北戰爭之時的愛情史詩電影，敘述南方莊園裡的千金小姐 Scarlett O'Hara（郝思嘉），從少年到中年的愛恨情仇故事。

徵婚女子：郝思嘉在那部電影裡——

省籍情結者：（打斷）我從小在眷村長大，很少聽過我父親講過一句髒話。

徵婚女子：軍人都大概很少講髒話。

省籍情結者：我父親就是這樣。我少年時代在西門町混，很多幫派我都很熟——（幫派名）「萬國」、「飛鷹」、「三環」、「十姐妹」……

徵婚女子：（驚奇地）十姊妹不是一種鳥嗎？

省籍情結者：（停頓，看著徵婚女子）那是一個幫派的名稱叫「十姐妹」，十姐妹每個人養了十姐妹。我曾經加入過「萬國幫」，我父親知道後，很少和我說話。高一下學期有一天晚上，我和「飛鷹」的小鄧幹架，我脖子掛彩，（掀開領子給徵婚女子看）這裡，妳看一下。

徵婚女子：（看省籍情結者的傷口）傷口挺深的。

省籍情結者：（不以為意地）小 case。幹完架之後我想找哥兒們，我就立刻「撇順風」找哥兒們——

徵婚女子：（不甚明白地）「撇順風」？

省籍情結者：「撇順風」就是打電話的意思。我「撇順風」找不到哥兒們，就趕快「撇輪子」回家。

徵婚女子：（不甚明白地）「撇輪子」？

省籍情結者：「撇輪子」就是搭計程車的意思。回到家後，我睡到半夜，我父親把我抓起來，打了我一巴掌。他說：（模仿父親說話的腔調）「一個人，尤其是一個男人，如果讓人看不起的話，一輩子就完蛋了。」這一句話影響我一輩子。（態度嚴肅地）妳跟妳父親的關係怎麼樣？

徵婚女子：（試圖緩和嚴肅的氣氛，故作輕鬆地，笑）很難說。我從小跟他——

省籍情結者：（立刻打斷徵婚女子）我有一個女朋友，分手一年多。由於她的家庭很不健全，她曾經——（湊近徵婚女子耳邊，低聲說）被她的親生父親強暴過，所以，我一直很同情、憐憫她。她的情緒變化很大，有時候她很幼稚，有時候又很歇斯底里。她常常會打電話找我到她家去，做一些我（激動地）不願意做的事。由於我們這段感情發展「動盪不安」，我決定不再被她傷害、決定不再跟她聯絡。（以懷疑不安的眼神看著徵婚女子）妳的情緒是不是也很歇斯底里？

徵婚女子：（試圖緩和嚴肅的氣氛，笑）那要看我處在什麼狀況——

△　導演，下。

省籍情結者：（防衛地）什麼樣的狀況？人心險惡，難以預測。我覺得妳根本不想徵婚。

徵婚女子：（不悅地）你說這話是什麼意思？

省籍情結者：（突然暴怒地，指著徵婚女子罵）妳前天說要打電話給我，妳卻沒有打。

徵婚女子：前天，我在南部一家小旅館——

省籍情結者：（兇惡地質問）跟誰？幹什麼？為什麼要去南部？他是什麼人？

徵婚女子：（生氣地反問）我有必要告訴你嗎？

省籍情結者：（愈來愈激動地）害人之心不可有、防人之心不可無。（斥罵）妳這是什麼徵婚態度？

徵婚女子：（亦激動地，表明立場）我並不想用你所認為徵婚應該有的態度徵婚！我有自己的看法，而且我已經應徵過很多男人，還有好多男人要跟我見面！我還不想把心思放在你一個人身上！

省籍情結者：（停頓，情緒稍作緩和）好吧！（先發制人，防衛地）那以後不要再聯絡了。我現在立刻「撇輪子」回家！

徵婚女子：（略不耐地）那就麻煩你了！拜託你撇快一點！

△　省籍情結者，下。

△　燈光漸暗。

S18

工廠黑手

情境：

某劇團繼續進行彩排至第十三場〈工廠黑手〉。

場景：

路邊。

角色：

工廠黑手、徵婚女子。

△　遠處傳來歌仔戲演出的聲音。

△　女主角仍在場上，接著飾演本場次的徵婚女子。

△　工廠黑手拿著一把壞掉的雨傘，上。

徵婚女子：（指歌仔戲樂聲音傳來的方向）要不要過去看看？

工廠黑手：什麼？

徵婚女子：去廟口看明華園[25]！

工廠黑手：（木訥地）好⋯⋯好啊⋯⋯

徵婚女子：（笑）呃⋯⋯他們今天演的戲碼是——

工廠黑手：妳喜歡什麼樣的男人？

徵婚女子：（笑）我喜歡穩重、有責任心和幽默感。

工廠黑手：我只缺一樣——

徵婚女子：哪一樣？

工廠黑手：妳要的男人跟我不一樣！

徵婚女子：你在哪裡工作？

工廠黑手：（一直在修理手上的雨傘）小工廠，沒有名片、沒有名片。

徵婚女子：（接過工廠黑手手上的雨傘，耐心地）沒有關係、沒有關係。

△　幻燈字幕：

「第十三個　工廠黑手」

25　台灣知名歌仔戲團。

工廠黑手：我的結婚對象條件只有兩個——

△　徵婚女子一邊修理著那把壞掉的雨傘。

徵婚女子：哪兩個？

工廠黑手：第一，女人；第二，活著。

徵婚女子：（將雨傘還給他）你真的沒有交過女朋友？

工廠黑手：不要說女的，連男的朋友都沒有。（蹲在地上修雨傘）難哦！難哦！我們這個社會，人和人之間只有利害關係，太現實了，太現實了。

徵婚女子：（亦蹲下在工廠黑手旁）可是如果交到一個好朋友，會有很多幫助。

工廠黑手：（不信任地）誰講？朋友不能交得太深，「給他心吃，他還嫌苦」！（起身，小心翼翼地探問）妳是真的很在乎外表嗎？

徵婚女子：（跟著起身）是啊！難道你不在乎嗎？

工廠黑手：我覺得妳長得很普通⋯⋯

徵婚女子：（尷尬地）⋯⋯謝謝。

工廠黑手：而且妳看起來要比實際年齡老一點。

徵婚女子：（驚愕地）⋯⋯會嗎？

工廠黑手：我媽媽說：「女人像苦瓜，愈老愈退火。」

△　工廠黑手傻傻地看著徵婚女子發笑。

徵婚女子：（尷尬地，跟著傻笑，試圖轉移話題）你的雨傘到底怎麼了？

工廠黑手：（無奈地）他媽的，早就壞掉了。

△　燈光漸暗。

S19

內科醫生

情境：

因某醫師突然出現在舞台上，導致彩排再度中斷。

場景：

Coffee Shop。

角色：

內科醫生、徵婚女子、某醫師、導演、置景人。

△　燈光漸亮，某醫師正與女主角和導演協調劇情修改的可能性。

女主角：（唸台詞）如果我繼續跟你交往，你兒子會反對嗎？

某醫師：（堅決地）我的意思是，把我的戲全部都刪掉，不要演出來！（對導演）至於你們的演出我負責賠償！十萬不夠？妳說一個數字，妳說多少我開多少給妳！刪掉我的戲。

女主角：（耐心地）張醫師，您先別激動，坐下來慢慢說。

△　某醫師坐下。

導演：（不悅地）不要坐！

女主角：坐著。張醫師，這樣好不好，我有一句台詞說：「你太太死了十多年——」

某醫師：（激動地從椅子上站起來）這句話太嚴重了！我太太根本沒有死，誰說我太太死掉十幾年？要是給我太太知道，她會把我掐死！

女主角：（耐心地，安撫某醫師）請坐！坐下來。

△　某醫師坐下。

導演：（激動地）你站起來！

女主角：張醫師，您請坐。

導演：你起來！

女主角：張醫師，坐下。

某醫師：（不耐地）妳們兩個要不要商量一下啊？

導演：（刻意地拿起麥克風，對女主角說）這是我的戲，我不允許外人來干涉我的工作。

女主角：（對導演）這裡沒有外人，我是就戲論戲，解決問題。

某醫師：有事好商量！

導演：舞台上發生任何問題輪不到妳解決，（言語攻擊女主角）妳最好先解決妳私人的問題。

女主角：（不悅地）請妳修正妳說話的態度！

導演：（強勢地）我只關心我的戲，不准你再管這件事！

女主角：（不甘示弱地）憑什麼所有的人都要配合妳？

導演：（無力地，坐下）我有壓力！

女主角：（嘲諷地）誰沒有壓力！今天活在台灣的每一個人誰沒有壓力？

導演：我面對壓力解決我的問題。

女主角：（批評導演）妳根本不能解決自己的問題，妳只是把壓力當成逃避的藉口！

導演：（起身，激動地大聲說）我逃避什麼？我求好心切，我恨鐵不成鋼，我要某劇團的每一個人做對每一件事、做好每一個工作，讓觀眾看見一場完美的演出。今天彩排這麼爛就是我最大的壓力！

女主角：（生氣地）那是妳自己無能！

△　女主角、導演針鋒相對、怒瞪對方。

導演：（毫不客氣地，批評）妳以為妳是誰？妳演得最爛！

女主角：（停頓，忿忿地）為什麼妳一定要用傷害別人的方式來肯定自己？這就是妳的壓力嗎？

導演：（怒吼地）我是導演！

△　導演和女主角兩人吵得不可開交。

某醫師：（驚慌失措，趕緊起身勸阻）妳們不要吵了啦！我站起來就是了嘛！

導演：（仍然情緒激動地）張醫師，如果你說的都是真的——

某醫師：（走至導演旁）我說的句句是真的！

導演：我請問你，當初為什麼會跟陳小姐徵婚？

某醫師：（愣住，一時語塞）我有壓力嘛！我承認我很無聊！（找藉口）我是覺得很奇怪，這個世界上怎麼會有這麼無聊的人，要做這麼無聊的事情？所以我就……（停頓，懇求地）總而言之，你們把我的戲刪掉就沒有事情了嘛！

女主角：（無所謂地）這一場戲刪掉算了！

某醫師：（對女主角）對啦，刪掉啦。

導演：（透過麥克風發聲，堅決地）我堅持保留！

某醫師：（又轉身勸說導演）不不不……不可以保留！

△　男主角披著一條大浴巾，上。

男主角：導演，依璁找不到內科醫生的衣服。

導演：國修，從天心問你：「有沒有找過其他的結婚對象開始。」張醫師，麻煩——

△　導演示意某醫師至後台商量。

某醫師：我不叫麻煩，我叫張鐵城。

導演：（耐心地安撫）我們不會傷害你和你的家庭——

某醫師：（急忙解釋）妳不曉得——

導演：（示意某醫師至後台商量）麻煩，請借一步說話好嗎？

男主角：（指某醫師）麻煩把他的衣服脫下來借我！

導演：（對男主角）不要管服裝，繼續排！

某醫師：（驚訝地）怎麼你們演戲連戲服都沒有啊！

導演：張醫師，（示意某醫師至後台）麻煩——

某醫師：張鐵城，我不叫麻煩——

導演：（不耐地敷衍著）好好好！

△　某醫師與導演，下。

△　幻燈字幕：

「第十四個　內科醫生」

△　男主角仍披著一條大浴巾，飾內科醫生。

△　男、女主角坐下，彩排開始。

徵婚女子：你有沒有找過其他的結婚對象？

內科醫生：說沒有是騙人的，有些是朋友介紹、有些是我自己登報徵婚、有些是我在風月場合認識的。

△　某醫師衝出，導演尾隨在後，二人上。

某醫師：（激動地，對男主角）我沒有說過這句話，你不可以這麼說。（對導演）他這樣是破壞我的名譽。（上下打量男主角）而且你看他長那麼瘦巴巴的，像一個病人，哪像一個醫生呢？

男主角：（對某醫師）我的角色，你來演嘛！

導演：（對男主角）我解決——

男主角：導演，他本人都現身說法了，叫他本人來徵婚！

導演：（氣急地）國修，我解決——

某醫師：這樣不行的啦！

導演：張醫師，麻煩請跟我來。

△　導演示意某醫師至後台商量。

某醫師：（對男主角，告誡地）不可以這樣講，弄不好我就身敗名裂了——

導演：張醫師，麻煩——

△　某醫師與導演，下。

△　男、女主角坐下，繼續彩排。

徵婚女子：那些女孩都不適合你嗎？

內科醫生：說真的，我曾經被騙婚，騙過三次婚——

△　某醫師又衝出，上。

某醫師：（激動地）我發誓，這句話我真的沒有講過！（警告地）你再說，我會告你哦！

△　導演，上，將某醫師拉下。

導演：張—— 鐵城——

△　導演再度示意某醫師至後台。

某醫師：有！

△　某醫師與導演，下。

△　男、女主角回座。

徵婚女子：你被騙了什麼呢？

內科醫生：像我這種年紀——

△　男主角突然地站起身來，望向後台方向，查看某醫師是否會再衝上台。

女主角：（提示）國修，他是真正的內科醫生，你可以模仿他的口音。

△　男主角回座，飾演內科醫生。

內科醫生：（模仿某醫師的口氣說話）像我這種年紀，被騙感情是不可能的，騙一點錢是有——

△　導演與某醫師，上。置景人跟在後面，亦上。

某醫師：（對導演）小錢啦，裝不知道就算了。

導演：（對男主角）國修，你們可以放心演了。我們把這個角色改成「外科醫師」。

男主角：（驚訝地）內科改外科就ok了？

某醫師：（對男主角，客氣地）不好意思，外科就和我沒有關係了。

男主角：謝謝！謝謝！

導演：（對置景人）世文！送張醫師出去！

某醫師：（對台上眾人）祝你們演出成功——

△　置景人拉著某醫師往外走。

某醫師：（仍繼續興奮地對眾人說）你們劇團所有的人來找我，我給你們打七折，不要客氣，生病儘管來！

△　某醫師、置景人，下。

導演：（對已走遠的某醫師）謝謝。（對男、女主角）請繼續。

△　導演，往外走，下。

徵婚女子：（對男主角）我有事必須離開，很抱歉！

內科醫生：妳正面、側面都好看！

徵婚女子：再見。

△　徵婚女子轉身，往外走去。

內科醫生：（急忙起身，欲挽留徵婚女子）如果妳不找我的話，大概是妳怕丟了。

徵婚女子：（困惑地）丟了？我不懂，「我怕丟了」？「丟」字是什麼意思！？

△　燈光突然轉暗。

S20

置景人

情境：

因為燈光故障導致彩排中斷。

場景：

同上場。

角色：

男主角、女主角、舞台監督、置景人、導演、服裝管理。

△　燈光故障，場上一片漆黑。

男主角：怎麼回事？

△　置景人拿著手電筒，上。

置景人：（一副事不干己的樣子）燈光電腦當機。電腦是全新的，我看是有人搞鬼！

女主角：（情緒低落地）國修，我想跟你說幾句話。

男主角：（情急地）我去打個電話。

女主角：（懇求地）我只要三分鐘。

男主角：我女兒出玫瑰疹，我一定要去打個電話。（對置景人，卻忘了他叫什麼名字）那個什麼文……

置景人：世啦！

男主角：世……世什麼？

置景人：文啦！……

男主角：世文啦，麻煩你幫我照一下路。謝謝。

△　置景人拿手電筒幫男主角照亮走道，男主角，下。女主角無助地坐在場上。

△　服裝管理帶著手電筒，上。

服裝管理：現在等什麼？

置景人：等電來啊！

服裝管理：（倚靠著置景人，天真爛漫地）我喜歡停電，我喜歡黑暗。世文！我每次在家裡看著公園路的路燈發呆的時候，就會關掉房間所有的燈，我躲在黑暗的房間偷看路上的人，很有安全感！

置景人：偷窺狂！（閩南語）怪腳！

△　導演、舞台監督，上。

導演：（不悅地，責問）需要多少時間恢復？

舞台監督：（無奈地）這不是我能決定的。

導演：（對舞台監督）你能決定什麼？天心，妳先去化妝室。

舞台監督：天心，妳跟志杰的素便當，我放在化妝室了。

女主角：謝謝。我不想吃。

△　女主角欲下。

導演：（不悅地，對舞台監督）不錯，我是請你來「救救我」，所有的事情都迫在眉睫，你這樣——（女主角剛好走過導演身旁）天心，妳先不要吃便當！

△　女主角不理會導演，下。

導演：（苦笑，對舞台監督）你這樣叫「救我」嗎？

舞台監督：誰不想把事情做好？可是妳太急了，妳不能停一下嗎？

導演：（焦躁地）電腦當機！大幕故障！現在這樣子，我能停下來嗎？（激動地）明天就要首演，今天彩排走走停停，來了一大堆跟《徵婚啟事》完全無關的人。他們什麼時候不來，全搶在這個時候出現，他媽的！這個劇團到底誰是掃把星？

服裝管理：（撒嬌地）世文——

置景人：（趕緊撇清責任）導演，那些閒雜人等不是我請來的。

導演：（命令地）你去問燈光什麼時候修好！

置景人：（推託地）那不是我的事，我只負責推推景片、拉拉繩子。

舞台監督：（不悅地，質問）推推景片、拉拉繩子？你拉的是軟景片，那叫fly。拉拉繩子？你懂不懂什麼叫劇團？

置景人：（生氣地）對啦！我不懂！（用手電筒照著舞台監督的臉）我不幹了！

服裝管理：（驚訝地）世文！

置景人：（對服裝管理）不要囉唆！

舞台監督：（對置景人，質問）你說什麼？

置景人：導演，我說真的，明天晚上首演我不能來，我叔叔那邊有一場工地秀，我要去幫忙，妳自己找人代替我。

舞台監督：（不屑地）憑你這德行，你去做什麼秀？

置景人：（生氣地）我去吹氣球啦！一天一萬，你們一天給我多少錢？（閩南語）一天多少錢，多少錢啊？

導演：（冷冷地）錢能解決一切嗎？

置景人：（不假思索地回應）廢話！

導演：我付一萬塊給你！

置景人：（又反悔）不是錢的問題！

導演：（不悅地質問）那是什麼問題？

置景人：（吞吞吐吐地）問題是……問題是我們為什麼要演戲？（脫口而出）戲劇是最不實際、最假的東西！

舞台監督：（一愣）你真的這樣想嗎？

置景人：廢話！當然是真的，我又不是在跟你們演戲。

△　舞台燈光乍亮。

導演：（無力地）舞監，你去找燈光設計師。

舞台監督：什麼？

置景人：（毫不客氣地指使舞台監督）找狄志杰啦！

△　燈光漸暗。

S21

業餘棋士

情境：

彩排中斷之時，女主角在化妝室休息，燈光師欲與女主角談論私事。

場景：

化妝室。（舞台左側前緣、舞台右側各有一座化妝鏡台。）

角色：

燈光師、徵婚女子、業餘棋士、服裝管理。

△　燈光漸亮，女主角已站在舞台左側前緣的化妝鏡前，看著鏡子裡的自己。燈光師自一角緩緩地走上，坐在舞台右側的化妝鏡前。

△　某丈夫的行李箱仍放在舞台一角。

女主角：（失落地）你看到你後面的鏡子嗎？在我們面前也是一面鏡子，我從鏡子裡面看見你坐在我的背後。在我們的背後，還有另外一個我們坐在我們的背後。在他們的背後還有另外一個他們。我跟你之間的關係就像是這樣，鏡子裡面是鏡子，距離拉得好長，是一種無限遠的距離。

燈光師：妳到底想說什麼？

女主角：（坐在鏡子前）而我們變得越來越小，是一種無限小的關係。

△　燈光師走到女主角身旁，拉起她的手；女主角將手收回。

燈光師：妳想得太複雜了！

△　女主角將燈光師推往舞台右側的鏡子前方，二人皆看著鏡子裡的自己。

女主角：你看著鏡子！到底我跟你，哪一個才是真正的我跟你？

燈光師：說出來希望妳會開心，（握著女主角的手）我已經叫我太太，把肚子裡的小孩拿掉。我告訴她說，即使把孩子生下來，我們也沒有能力養（女主角憤而甩開手）。妳放心，我會處理好我這邊所有的問題，我希望妳和我在一起，妳毫無負擔、毫無壓力！

△　女主角隨手拿起椅背上的毛衣打在燈光師的身上。

燈光師：（激動地）這是我自己願意做的。我可以離婚，妳不必離，妳不需要為我做任何事——

女主角：（哭泣、激動地）那是一個小生命。他應該被生下來陪著你們看著這個世界，（斥責地）你居然叫她拿掉！？你拿掉的是一個生命，不是拿掉一只戒指……

△　男主角，上，飾演業餘棋士。

業餘棋士：（山東口音，以下同）天心，我們倆可以對一下第十五場的台詞嗎？（出戲，回復為正常國語）狄志杰，導演在舞台上找你。

燈光師：（裝作若無其事地）你們繼續對台詞。

△　燈光師隨即把毛衣穿上，仍逕自站在舞台一角。

業餘棋士：（說台詞）我最近生活非常不安定，沒有人管、沒有目的、沒有責任，也沒有拒絕的藉口。常常出入風月場所，以至於每天爛醉如泥。

△　女主角無心與男主角對台詞，無意識到男主角此刻說的是台詞。

女主角：（困惑地看著男主角）你說真的？還是假的？

△　男主角放棄與女主角對台詞。

男主角：什麼真的、假的？我在跟妳對台詞。

女主角：（神智恍惚地）哪一場？

男主角：第十五場。

△　幻燈字幕：
「第十五個　業餘棋士」

女主角：我想跟你說幾句話。

男主角：（誤以為女主角在說台詞）哪一句？妳台詞跳到哪裡了？

女主角：不是台詞，我想跟你說幾句話，私底下。

男主角：（示意燈光師）狄志杰，導演在舞台上等你。（回頭看燈光師）等一下，你這毛衣真漂亮。

燈光師：（落寞地）別人送的，不值錢。

男主角：我說真的，真是漂亮。

△　燈光師不理會男主角，下。

男主角：（對女主角）妳看，那毛衣穿在他身上，一點都不搭調。

女主角：國修，你為什麼總是那麼忙碌、總是那麼神秘？

從第一天開始排戲到現在，你總是不停地在打電話？

△　停頓片刻。男主角刻意借用業餘棋士的台詞回應女主角。男主角轉飾業餘棋士。

業餘棋士：（停頓）我總是在下不是棋的棋。

女主角：（懇求地）可不可以不要說台詞？我不想跟你對戲！

男主角：（恢復正常口音）其實，婚姻跟愛情是兩碼事，真正的愛情就像是一場戰爭，最後總有一方會失敗，就像下棋，什麼事情都是一盤棋在走！

女主角：（激動、懇求地）我能不能聽你心裡真正想說的話？不要再說台詞！

男主角：我沒有說台詞。我有改變我說話的聲音嗎？我有改變走路的姿勢嗎？（誠摯地）說真的，我最近在愛情跟婚姻之間，陷入一個困境、無法自拔，我深深愛上一個……（停頓）我死命掙扎，我陷入一場苦戰，我不知道該怎麼辦？

△　二人沉默片刻。

女主角：你在說我嗎？

男主角：沒有。妳在說台詞？跟我演戲嗎？

女主角：沒有。

△　女主角拿行李箱，欲下。

△　服裝管理帶著一個牛皮紙袋，上。

服裝管理：天心姐！妳老公說這份文件很急，他要妳簽名，四份。

女主角：妳放著。

△　服裝管理察覺女主角神態有異，緩緩地走至舞台左側的化妝鏡前，逕自坐了下來。

男主角：（對女主角）妳怎麼跟妳老公認識的？

女主角：（神情落寞地）今天是我跟他結婚兩週年，三年前的九月三十號，是我跟蔡修治第一次見面，半年後，他為了我離開他前妻跟我結婚。（哽咽地）他今天會在他前妻那裡過夜，陪他的兩個女兒。因為我的自私，他決定離開我，回到他前妻身邊……你還愛你太太嗎？

△　服裝管理悄悄地，下

男主角：（苦笑）我不會把「愛」這個字掛在嘴邊。我跟我太太結婚八年了，從戀愛到現在，我從來沒有跟她說過一句「我愛你」。我不相信「愛」這個字說出口就代表愛——妳還愛妳先生嗎？

△　停頓片刻。女主角哭泣著。

女主角：（情緒激動地）我以為我可以愛每一個人，任何人！男人、女人、老人、小孩、任何人，誰管你愛誰？愛？國修！我連我自己都不愛，我還能愛誰？「愛」這個字不能代表一切，而且也不會是永遠，當它被忘記的時候，它就不存在了。結婚又代表什麼？為什麼要徵婚？我什麼都不能控制！

男主角：人生是由兩個部分組成的，一部分是我認為我能控制的，另一部分是我不能控制的。我能控制我自己吃的、穿的、喝的！這些是我能決定的！哪一些又是我不能決定的！？是人生中不能決定的！？我買一張彩券，那張彩券會不會中獎！？我出軌愛上一個女人，她會不會使我更幸福？這些是我不能控制的。（停頓）最有趣的是，人生中我能控制的事情，大部分是建立在我不能控制的事情上。

△　沉默。男主角拖著行李箱走至舞台一角。

女主角：（看著鏡子裡的自己，自語）我以為我只是來演一齣戲（抽出紙袋裡的協議書，簽字）。國修，我頭痛，麻煩你跟導演講，請她代替我排。（啜泣地）如果你看見我先生，請把這份資料交給他。

△　女主角將資料袋交給男主角。

男主角：（接過資料）這是什麼？

女主角：（崩潰痛哭）我以為我不會……懷孕！昨天下午，我拿掉了狄志杰的小孩……

△　靜默片刻。男主角拿著牛皮紙袋，慌亂地在舞台上走動。

男主角：我還有一句台詞——（操業餘棋士口音，走向女主角）

從鏡子裡看妳，妳真的是一個撲朔迷離的女人。

△　男主角摟著女主角的肩，二人看著鏡子裡的彼此。

女主角：（痛哭地）鏡子裡面的我，才是最真實的我。

△　燈光漸暗。

S22

有充氣娃娃的學者

情境：

某劇團繼續進行彩排至第十六場〈有充氣娃娃的學者〉。女主角因身體不適無法繼續排演，徵婚女子暫由導演代演。

場景：

書店。

角色：

有充氣娃娃的學者（本場次簡稱為學者）、徵婚女子。

△　幻燈字幕：

「第十六個　有充氣娃娃的學者」

△　燈光漸亮。學者與徵婚女子（導演代演）已在場上。

學者：我是研究科學的，因為工作太忙了，一直沒有時間結婚。我的父母在美國教書，家教很嚴。曾經有一位論及婚嫁的女孩，但是我的父親反對！You know, it's a family tragedy!

徵婚女子：你的學生很關心你，看到我登的徵婚啟事就急著轉告你，要你找我試試看。

△　二人在書櫃前交錯走動，稍頃，徵婚女子不小心撞到學者。

徵婚女子：Oh! Sorry!

學者：Never mind!

徵婚女子：你喜歡什麼樣的女性？

學者：Smart!

徵婚女子：Yes!

學者：Lively!

徵婚女子：Right!

學者：Understanding!

徵婚女子：Of course!

學者：當然，我不是很注重那個女孩的外表，但是，我非常注重那個女孩的身材。我在美國過的生活非常孤獨、寂寞，也很清閒。我就住在一棟有七、八個房間的洋房，大部分的時間都是在家裡看電視，平常偶爾才去實驗室做研究。妳能相信嗎？我有十幾年沒有碰過女人了。

徵婚女子：（溫柔地替學者清理衣服上的灰塵，小心翼翼地，探問）你不介意我提個問題吧？

學者：Yes... No, no problem. 盡量問！

徵婚女子：（好奇地，探問）你那麼多年沒有碰過女人，你的性生活怎麼辦？

學者：（笑）在性方面，我都試著自己做。

徵婚女子：（驚訝地）DIY?

學者：Pardon me.

徵婚女子：Do it yourself?

學者：（笑）Do it myself. 我曾經在美國佛羅里達，買過一個充氣娃娃。

徵婚女子：娃娃？

學者：No！ No！（詳加說明）不是一般的娃娃，是充氣娃娃，Just like this! 它是一個塑膠的，旁間有一個管子，可以這樣吹——（假想徵婚女子就是充氣娃娃，

對著徵婚女子吹氣狀）它吹起來就像妳這麼大！（笑）

Sorry，最棒的經驗是，我有一個月的時間都把那個充氣娃娃想像成二十歲的林青霞。

徵婚女子：（笑）林青霞？！

△　二人相視而笑。

△　燈光轉換。

S23

提供性趣的男人

情境：

舞台上，彩排準備進入第十七場〈提供性趣的男人〉。導演前去化妝室看望女主角的狀況，臨時指定舞台監督代演徵婚女子，持續進行彩排。

場景：

賓館、臥房。（舞台左側為一平台，舞台右側置有一椅子。）

角色：

提供性趣的男人（本場次簡稱為提供性趣者）、舞台監督、置景人、導演、服裝管理。

△　燈光漸亮。導演、男主角仍在場上。舞台監督，上。

舞台監督：導演，妳去看一下天心，她人很不舒服。

男主角：（急躁地）那這場戲算排完了？我去打個電話。

導演：（制止男主角）繼續排演。國修！繼續排演！

舞台監督：（困惑地）繼續？女主角不在怎麼排？

△　服裝管理，上。

△　場上燈光轉換，服裝管理幫男主角換衣服。置景人，上，將場景換為第十七場。

服裝管理：（對男主角）請脫掉你的衣服。

舞台監督：可是女主角不在！

導演：（對舞台監督）你代替她。

舞台監督：（困惑地）什麼？

導演：像我一樣代替天心演。

△　導演，下。

舞台監督：（震驚地）這一場？

△　男主角脫下飾演學者的戲服，只穿著一件小短褲、小背心，脖子上還戴著一個紅蝴蝶結，頭上還頂著禿頭假髮。

男主角：謝謝。依璁，我的衣服？

服裝管理：（抱著前一場男主角的戲服，幸災樂禍地）還沒送來啊！哈哈哈！

△　服裝管理，下。

男主角：（驚愕地）啊？！

舞台監督：（對後台）給他找一塊毛巾，好不好？（後台無人回應，遂對男主角說）沒關係，國修，就這樣排吧！

男主角：（驚訝地）啊！？就這樣排？

舞台監督：反正現在也沒觀眾。

男主角：（作出猥褻、變態的姿態）我穿這樣，你不覺得我這樣像變態嗎？

舞台監督：（安撫男主角）沒有人會這樣想，首演就有戲服了嘛！（示意置景人）世文，按鈴。

置景人：喔！

△　男主角彆扭地走上平台，舞台監督代演徵婚女子坐在一角的椅子上。

△　置景人一直按手上的叫人鈴，鈴聲響不停。

舞台監督：（不悅地，對置景人）你按什麼鈴？

置景人：鬧鐘。

舞台監督：（示意）電話鈴！

置景人：（不耐地）好啦！

△　置景人按鈴，鈴聲間歇響不停。

徵婚女子：（接電話狀）喂！

△　置景人持續按鈴。

舞台監督：（不悅地，對置景人）我接了！

置景人：（故意地）電話壞了。

△　置景持續按鈴，下。

△　提供性趣者不斷地在平台上擺出性感挑逗的姿態。

徵婚女子：（接聽電話狀）喂！

提供性趣者：（聲音表情猥褻地）謝天謝地，終於找到你了。

徵婚女子：又是你，我的目的是徵婚，我說過我只想結婚，不想交朋友。

提供性趣者：難道結婚之前不要先交朋友嗎？

舞台監督：（以舞台監督身份提示舞台技術進行）幻燈字幕cue十七上。

△　幻燈字幕：
「第十七個　提供性趣的男人」

提供性趣者：我思想開放，我不是很保守。如果我們真的感情還不錯的話，就可以有進一步親密的男女關係。

徵婚女子：你是指性方面？

提供性趣者：是的，沒有什麼好大驚小怪的，每個人都會有需要。

徵婚女子：你是在找性伴侶？

提供性趣者：是的，可以這麼說。難道你沒有性需要嗎？

舞台監督：（以舞台監督身份提示舞台技術進行）狄志杰，燈光cue二十，賓館要紅色的光。（回復劇中「徵婚女子」身份，說台詞）我認為你的想法很無聊。

提供性趣者： 這不是無聊，這是事實——（場上燈光仍未變化，出戲，對舞台監督說）紅光、紅光——（回復劇中身份）我最近非常認真在尋找——

舞台監督：（以舞台監督身份，對後台）準備換第十八場日本料理店。世文，你在哪裡？

提供性趣者： 因為有經驗就會很想要——（賓館的區域突然出現綠光，男主角嚇了一大跳，出戲，驚駭地對舞台監督說）這叫紅色的光嗎？（回復劇中身份）因為有經驗就會很想要。

徵婚女子： 你結過婚了嗎？——（以舞台監督身份提示，對音控室，不悅地）阿剛，這場是挑逗音樂，挑逗音樂一直在襯底，為什麼沒有音樂？

△　突然出現很大聲、節奏性很強的電子音樂；提供性趣者只好在賓館裏跳熱舞，但因音量過大，他只好以嘶吼的方式說台詞。

提供性趣者：（嘶吼地）結了，有三個小孩——（出戲，對舞台監督）音樂太大聲了——

徵婚女子：（嘶吼地）如果你太太知道你來徵婚的話，她會怎麼想？（以舞台監督身份，對音控室）音樂小聲一點！

△　突然間，音樂乍停。

提供性趣者：（仍以嘶吼的方式說話）我太太的洞比較小——（突然發現沒有音樂了，尷尬地，出戲，問舞台監督）怎麼突然沒有音樂？

舞台監督：（提示男主角）請繼續。

△　男主角依照指示繼續彩排，持續作性感挑逗的動作姿態。

徵婚女子：喂！為什麼我聽到有喘息的聲音？

提供性趣者：我在運動！我太太的洞比較small，配合上有問題——（突然，放棄飾演，出戲）唉唷！我跟你對不下去了！

△　彩排中斷。

舞台監督：還有一句就排完了。

男主角：哪一句？

舞台監督：（唸台詞）你當心我打電話跟你太太說你是性變態。

男主角：（離開賓館，走向舞台監督）李天柱，（彆扭地）你不覺得我們兩個男人講這種台詞很奇怪？

舞台監督：（走至男主角旁，不以為意地）有什麼奇怪？我也只是代排嘛！

男主角：不是，我這段台詞一定要跟一個女人對話才會有感覺嘛……

△　男主角故作持續喘息的聲音。

△　紅光突然出現在舞台右側前緣區。

△　燈光漸暗。

S24

舞台監督

情境：

女主角突然失蹤了，彩排又再度被迫中斷。

場景：

舞台上。

角色：

舞台監督、導演、某丈夫、服裝管理、某女友、燈光師。

△　燈光漸亮，舞台監督、導演已在場上。

舞台監督：天心怎麼樣了？

導演：（情緒低落地）沒事，我找不到她。（故作堅強地）沒事，她經常會突然失蹤。

舞台監督：妳打算怎麼辦？

導演：我也不知道，從排戲到現在都是問題。我找不到天心才突然開始問自己，當初為什麼要做這齣戲？每個人的位置都放錯了，包括我在內。

舞台監督：麗音，妳做《徵婚啟事》的動機是什麼？

導演：我不了解男人，我看到陳玉慧的小說有一種偷窺的滿足，我不明白為什麼那些應徵的男人會對初次見面的陳玉慧講他們內心的寂寞情事？我感覺我就是陳玉慧，我在聽不同的男人向我告解。

舞台監督：麗音，其實，我不是來「救」妳，我是來「看」妳。我失蹤了這麼多年，我想來看看妳好不好？

△　燈光師，上，佇立在舞台一角。

△　舞台監督走向導演旁，導演刻意離開，走至一旁。

導演：（苦笑）我很感激你的熱情，真的很感激……（誤以為舞台監督不願意再幫助她，失落地）你可以不幹，你走吧！（故作輕鬆、調侃地）你他媽的！就像以前一樣，你什麼都不用管，我來扛。

舞台監督：我失蹤那麼多年——

導演：（打斷舞台監督，陷入自言自語的狀態）表面上我的個性剛強——

舞台監督：　　　　　　　是因為我去坐牢——

（幾乎同時說出）

導演：　　　　　　　我其實很脆弱——

導演：（沒聽清楚舞台監督剛才說的話）你他媽的，你在說什麼？

舞台監督：（停頓。低聲說）我說，這些年我去坐牢，在牢裏我不敢跟妳聯絡。《徵婚啟事》裏面那麼多應徵的男子。其實我就是當中的一個，第五個「保守男子」……（唸台詞）她是位藝術家，我們在一起五年多，我們兩個人的個性差異很懸殊……

△　導演驚愕地說不出話來。靜默片刻。

△　某丈夫自另一角，上。

△　稍頃，導演情緒激動地捶打著舞台監督，隨即又緊抱著舞台監督，痛哭失聲。

導演：對不起……

舞台監督：（安慰導演）沒事！沒事！麗音，妳放心，我會一直陪妳等到這齣戲演完。

導演：（深感愧疚地）對不起！對不起！

舞台監督：而且我保證明天《徵婚啟事》首演，世文一定會出現！

導演：你打算怎麼做？

舞台監督：我打算請他吃飯——

△　某丈夫在舞台一角偷笑。

舞台監督：蔡先生！

某丈夫：（持續地笑）你們演！你們演！我到台下看戲。

舞台監督：沒事！我們在等你太太。

某丈夫：誰？

舞台監督：你太太，天心！

某丈夫：喔，是！（持續在笑）我剛才一直不敢打擾你們，我都搞不清楚你們什麼時候是在演戲？

△　服裝管理拿著牛皮紙袋，上。

服裝助理：蔡先生。

某丈夫：簽好了嗎？

導演：什麼事？！

某丈夫：（搶著回應導演，說）沒事……當我不存在，我消失了。

△　某女友自另一角，上。

某女友：（落寞地）你們在找天心嗎？

導演：（情急地）她在哪裡？她沒事吧？

某女友：她在停車場，躲在她的車子裡。

導演：（對舞台監督）柱子，你去找她。

某女友：（制止舞台監督）她說她馬上來。

燈光師：（拉住舞台監督）不要去。

某女友：（對導演）她只是一直哭，她說讓她哭一下就沒事了。

燈光師：（情緒低落、語帶哽咽地）楊導演！我在天心車子外面一直叫她，她不理我，以我對她的認識，她崩潰了。她精神恍惚，神智不清，她恐怕撐不下去了。

某女友：（哽咽地）楊導演，妳可以把我當成今天晚上我從來就沒有在這裡出現過嗎？

導演：（疑惑地）我沒聽懂妳的意思？

某女友：（懇求地）忘記我跟妳說過關於她的任何話，我也必須要跟妳說清楚……（悲痛地）我跟她只是普通朋友，她不是…… lesbian ！

△　某女友強忍不住悲傷，低頭痛哭。

某丈夫：（看著某女友，笑）真的掉眼淚了。導演！她演得最好！

△　燈光漸暗。

S25

他的手錶戴右手

情境：

某劇團彩排進行至第十八場〈他的手錶戴右手〉。

場景：

料理店。（舞台上有一平台，象徵日本料理店的和式包廂，上有一和式矮桌。舞台右側有一門框，象徵料理店包廂的出入口。）

角色：

他的手錶戴右手（本場次簡稱為錶戴右手者）、徵婚女子。

△　女主角帶著著某丈夫的那只行李箱，神智恍惚地，上。情緒低落地扮演著徵婚女子。

△　稍頃，錶戴右手者，上。

△　二人坐至平台上。

錶戴右手者：為什麼要坐我對面？

徵婚女子：這樣的距離看得比較清楚。

錶戴右手者：不能坐我旁邊嗎？

徵婚女子：不太好吧！

△　幻燈字幕：

「第十八個　他的手錶戴右手」

錶戴右手者：我自視很高。

徵婚女子：人都難免會有不同的評價，尤其是對自己。

錶戴右手者：妳知不知道，我為什麼把手錶戴在右手？

徵婚女子：不知道。

錶戴右手者：因為身份跟別人不一樣。

△　錶戴右手者狂妄地笑著。

徵婚女子：你經常來這家料理店嗎？

錶戴右手者：我是大股東。（走至門口處，拍手示意服務生送毛巾過來。日語）毛巾。（閩南語）快來呀！

△　徵婚女子神智恍惚地，突然大笑。錶戴右手者回座。

錶戴右手者：（自信地）我，三十六歲，未婚。我條件還不錯，曾經有過一段不愉快的過去。

徵婚女子：很好啊！

錶戴右手者：當初該把握卻沒把握⋯⋯

徵婚女子：活該！

錶帶右手者：當初該了斷也沒了斷⋯⋯

徵婚女子：那你去死吧！

錶戴右手者：（探問）妳到底了解不了解我們臭男人？

徵婚女子：（突然大叫，瀕臨崩潰邊緣，起身，在舞台上慌亂地來回走動，出戲）你很愛你的前妻嗎？蔡先生？

錶戴右手者：（驚愕地，提示，即興）我沒有結過婚，我也不姓蔡！

徵婚女子：你姓什麼？

錶戴右手者：（即興）我也不知道我姓什麼！？（提示女主角）我只是來跟妳徵婚的！

徵婚女子：你是做什麼生意？

錶戴右手者：我是做玩具外銷。

徵婚女子：什麼玩具？玩具⋯⋯（突然開心地、孩子氣地拉著他的手）我要玩！

錶戴右手者：你們女生不能玩——

徵婚女子：為什麼？

錶戴右手者：那是充氣娃娃。那些都是外銷美國，那些變態在玩，女生不能玩。我跟妳講個秘密——

徵婚女子：（孩子氣地）噓……

錶戴右手者：講秘密喔！（害怕有人闖入，走至門口處，拍手示意服務生，日語）毛巾，（閩南語）不要來。

△　徵婚女子又大笑。

錶戴右手者：（坐至徵婚女子旁，摟著她的肩，低聲說）我以前有一個女朋友，去世一年多，妳跟她長得有一點像……

徵婚女子：（恍惚地）我像你的前妻喔！？

錶戴右手者：妳可以馬上跟我在一起嗎？我可以帶妳出國！美國！

徵婚女子：（驚愕地）出國！？

△　女主角突然擺脫開對方的擁抱，逕自將行李箱打開，陸續拿出某丈夫的衣物。彩排被迫中斷。

女主角：（拿著一件襯衫，對錶戴右手者）這是你的結婚禮服嗎？

錶戴右手者：（受驚嚇，拍手示意，日語）毛巾……毛巾……

△　燈光漸暗。

S26

職業不詳的男人

情境：

某劇團彩排進行至第十九場〈職業不詳的男人〉。

場景：

公園。

角色：

職業不詳的男人（本場次簡稱為職業不詳者）、徵婚女子、燈光師。

△　幻燈字幕：

「第十九個　職業不詳的男人」

△　燈光漸亮。職業不詳者已在場上；徵婚女子神智恍惚地拿著某丈夫的襯衫，四處走動。

徵婚女子：你想找哪一類的對象？

職業不詳者：我不會太挑剔，只要是會持家的女人就好了。

徵婚女子：怎麼樣才算會持家呢？

△　女主角無力再繼續扮演，企圖離開舞台。

職業不詳者：持家就是——（即興，提示女主角在舞台上的位置）妳應該站在我旁邊。（回復劇中身份）持家就是洗衣服、燒飯的那種。

徵婚女子：那不是跟娶個傭人一樣嗎？

職業不詳者：（笑）偶爾我也會幫忙呀！我希望我未來結婚的對象——（即興，提示女主角在舞台上的位置）現在最好馬上走過來。（回復劇中身份）我希望她要穩重、成熟、有女人味。要有「正確的人生觀念」，也就是「嫁雞隨雞」的那種。

△　女主角歇斯底里地，完全脫離角色。

女主角：你應該去娶一隻雞。

男主角：（尷尬地，提示女主角）妳沒有這句台詞——（繼續唸自己的台詞）我不孝，真的不孝。每次逢年過節回家，我媽媽一提到我沒有結婚，她就掉眼淚。我不孝。

女主角：（走至男主角旁，大聲說）我願意。

男主角：（驚嚇狀）什麼我願意？

女主角：我願意嫁給你。

男主角：（提示女主角）妳沒有這句台詞——

女主角：我願意嫁給你，我替你生小孩。

男主角：（受到驚嚇地）天心！天心！……（對後台）後台有沒有人？

女主角：（歇斯底里地）為什麼要給我婚姻？為什麼要給我壓力？為什麼要給我一個不負責任的丈夫？（強拉著男主角）我願意嫁給你，就是你！（哭泣地）讓我們結束這一場無聊的徵婚遊戲！讓我重新開始，讓我回到我跟蔡修治的結婚典禮！讓我看見他的前妻哭泣！讓我回到嘉義女中的開學典禮，讓我變成一個小女孩……（崩潰痛哭）讓我不曾是個明星……我不要演戲……（倒臥在地，哭喊地）我不要……

△　燈光師，上。

△　女主角在舞台上拋舞著某丈夫的衣服，一件件拋出。

男主角：

（同時）天心……天心……

燈光師：

△　女主角回頭望著燈光師。

△　三人在舞台上，靜止不動。

△　燈光漸暗。只留下一束光打在男主角身上。燈光師，女主角，下。

S27

第二十個男人

情境：

因女主角身體不適，到醫院休息，現場氣氛一陣低靡，彩排完全中斷。

場景：

舞台上。

角色：

男主角、置景人、導演、舞台監督。

△　燈光漸亮，男主角仍留在舞台一角，陷入哀傷的情緒中。置景人的頭與手因傷而用繃帶包紮著，他拿著拖把清潔地板。

男主角：那個……你是什麼文……？

置景人：世啦！

男主角：世……世什麼？

置景人：文啦！

男主角：你是那個……誰啊？

置景人：世文啦！

男主角：你在幹麻？

置景人：我在拖地。

男主角：（這時才看到置景人的受傷的模樣，驚訝地問）你的頭跟你的手怎麼搞的？

置景人：（委屈地）柱哥請我吃飯……

男主角：吃什麼飯吃得頭受傷、手打石膏？

置景人：身為劇團工作者要自我要求，千萬不能讓舞台監督李天柱李大哥擔心。

男主角：我是問你，你的頭跟手是怎麼搞的？

置景人：謝謝你關心我……我的頭跟手是給張醫師包的，他把我包得像個蒼蠅。那個張醫師你記得嗎？（埋怨地）他根本就沒有打折。而且還不能用健保卡。

男主角：你沒有講你的頭跟手是怎麼受傷的？

置景人：（欲言又止）我⋯⋯（小聲地說）國修，你一定要替我保密喔，我的頭跟手，其實是——

△　舞台監督拿著一把壞掉的雨傘，上。

舞台監督：世文！

置景人：（看到舞台監督上台，立刻放大聲音說）我人格擔保，跟李大哥沒有關係。

舞台監督：世文！

置景人：（恭敬地）李大哥！舞台監督！

△　舞台監督拿著雨傘走近置景人身邊，置景人立刻害怕地蹲坐在地板上。

舞台監督：去把這把雨傘修一下！

置景人：（立刻接過雨傘，故作誠懇地）那是我的事⋯⋯李大哥！舞台監督！

舞台監督：然後去幫依璁收拾戲服。

置景人：（謙卑地）那也是我的事！李大哥，小弟有一句話一定要說，（肯定地）我人格擔保絕對沒有跟依璁小妹妹談戀愛！

導演：國修！（遞手機）有個女的打電話找你。

△　幻燈字幕：

「第二十個男人」

△　男主角接聽手機，稍頃——將手機砸在地上。

置景人：（向前撿手機）我拿去修。

舞台監督：你不要管！

置景人：（對舞台監督）這是我的事，我會修手機，我什麼都會！

△　置景人撿起手機，下。

男主角：（對舞台監督）天心怎麼辦？

舞台監督：（對導演）我們去醫院看她吧！

導演：（哽咽地）……我很自私，請你們原諒我的自私……讓天心好好的休息……我甚至不敢到醫院去看她……

男主角：明天還可以首演吧！？

導演：不演了……不演了……（透過麥克風宣布，哀痛地）某劇團《徵婚啟事》……宣告停演……

△　導演難過地低泣著。

△　舞台監督試圖安慰導演。

△　燈光漸暗。

S28

某劇團

場景：

舞台上。

角色：

男主角、女主角、舞台監督、燈光師、置景人、導演、服裝管理、某丈夫、某女友、某某人。

△　燈光漸亮。

△　舞台一角有面大鏡子，女主角獨自站在鏡子前。

女主角：（獨白）**兩個月前，我接演了某劇團的《徵婚啟事》，覺得它是一個蠻有趣的劇本。「徵婚，其實就像是一種用語言交換的告白行為」。終於，我發現，演戲只不過是一種以假亂真——用我心裡想的、嘴裡說的、手裡做的，每一舉一動都為了製造成真實，請相信我演的都是真的——而我的婚姻也像是一齣沒有舞台的戲。對我而言，婚姻只是一場失敗的演出。我演好了我所有的角色，卻唯獨沒有演好——我自己。**

△　男主角、舞台監督、燈光師、置景人、導演、服裝管理、某丈夫、某女友、某某人，全上。眾人在舞台上流動。

△　舞台深處降下一塊彩繪雲天幕。

△　女主角走向人群中。稍頃，某劇團所有人員，背對觀眾，同時戴上銀色面具。稍頃，全體演員轉身面向觀眾，在舞台上靜止不動。

△　燈光漸暗。

△　謝幕樂（主題曲）／〈二個人總比一個人強〉悠悠揚起。

「或許現在的人喜歡過的一成不變

當面對問題除了逃避就視而不見

那又何必　我說兩個人總比一個人強
你說對不對　我們還有多少理想要去追
你說對不對　我們還剩多少時間和機會
你說對不對　不要什麼事情你都無所謂
你將來會後悔　錯過的難再追回
雖然我曾說　二個人總比一個人強」

After the Ending

△　謝幕樂（主題曲）／〈二個人總比一個人強〉轉為輕快的節奏。

「妳覺得和我一起生活沒有高低起伏
日子過得平平凡凡也沒有衝突
不像別人的愛情總是反反覆覆
說一些不一定能實現的山盟海誓
那又何必還不如充充實實攜手共渡
有時候你會抱怨我們是否真的太閒
只會聊天　看電影和到處逛街
或許現在的人喜歡過的一成不變
當面對問題除了逃避就視而不見
那又何必　我說兩個人總比一個人強
你說對不對　我們還有多少理想要去追
你說對不對　我們還剩多少時間和機會
你說對不對　不要什麼事情你都無所謂
你將來會後悔　錯過的難再追回
雖然我曾說　二個人總比一個人強
雖然我曾說過　反正二個人總比一個人強」

△　全體演員在輕快的音樂聲中謝幕。

△　隨著燈光不斷變化，主題曲轉為輕快的節奏，伴隨著「某劇團」所有角色不停地流動，舞台場景也不停地變換著（如S3景象）。

△　導演指揮場上的流動。

△　燈光師調燈。

△　舞台監督指揮置景人擺設道具。

△　服裝助理忙著幫男、女主角換裝。

△　某某人在舞台上遊走。

△　稍頃，舞台上所有人瞬間靜止不動，仿若回到本劇開始的畫面，一切都停止了，唯有輕快的主題曲的樂聲仍持續著。

△　大幕落。

——全劇終——

附錄

關於李國修

Hugh K.S. Lee（1955.12.30～）

生平與創作

李國修集劇團創辦人與經營者、劇作家、導演、演員於一身，第一屆國家文化藝術基金會文藝獎戲劇類得主及多項戲劇獲獎紀錄。迄今原創編導三十齣叫好又叫座的大型舞台劇。而個人演出超過百種角色，舞台表演逾千場，是當代華人劇壇深具成就的全方位戲劇藝術家。

祖籍山東萊陽的李國修，1955年生於台北市中華路鐵道旁違章建築，成長於西門町的中華商場，畢業於世界新專廣播電視科。1980年加入「蘭陵劇坊」受到吳靜吉博士的啟發，獲得劇場養分，並因參與電視節目《綜藝100》短劇演出，在1982年獲「第十七屆金鐘獎最具潛力戲劇演員獎」，進而成為家喻戶曉的喜劇演員。1986年成立「屏風表演班」，一路堅持原創，搬演台灣這片土地上的生命故事，使屏風成為華人地區重要的演出團隊。

李國修認為劇作家是靠著生命、情感和記憶來創作。因此，他身為外省第二代、以戰後兩岸分隔的歷史事實，為父執輩編導出關於老兵對家鄉思念的故事《西出陽關》，並以劇中「老齊」一角，被媒體評譽為「最接近卓別林高度的演出」。

引發台灣劇評讚譽最多的《京戲啟示錄》，是李國修為自己做京戲戲鞋的父親而寫。李父家訓「人，一輩子能做好一件事情，就功德圓滿了。」更成為李國修的座右銘。戲劇專家評譽「李國修以個人生命經驗，觸動集體記憶之海」、「《京戲啟示錄》可說是有如神助，場面調度在這齣戲裡靈活到了極點」、「它亦喜亦悲，悲喜交迸，充盈著時代風雨與人生際遇，蘊蓄著歷史厚度與生活實感」；「《京戲啟示錄》最明顯的符號就是戲鞋和中華商場，這對新一代的我們來說，已經成為一種文化遺產」等。此劇啟發無數觀眾對人生追求的意義，成為華人劇壇的榮耀之作。

李國修從尋根到定根，繼而為母親創作《女兒紅》，表達對母親的追憶，也是他對個人的生命旅程與家族歷史，做的一場最深沈告白。影評人聞天祥稱李國修是用舞台說故事的大師，能把家庭點滴化為時代縮影，跨越了性別的侷限，展現炫目的時空魔法以及永不嫌多的情感與寬容。李國修也為兒子創作魔術奇幻劇《鬆緊地帶》、為女兒創作《六義幫》等。

李國修並不是一個有特定風格、特定形式的編劇，他喜歡用不同的體裁、不同的形式來創作，每個作品都以不同的主題進行探索。如他創作的「風屏三部曲」系列《半里長城》、《莎姆雷特》、《京戲啟示錄》，藉戲中戲的形式，探究劇場與人生之間的微妙關係。國際作家陳玉慧分析，李國修擅長解構主義，能將台灣社會現象及小市民心理，處理成悲喜交加的戲劇文本，也是台灣劇場創作者中最精闢於解構之道的人。

李國修也針對時事，以戲劇角度反映社會現象，如《救國株式會社》、《三人行不行I~V》城市喜劇系列。而對現代男女複雜的情愛關係，他也提出獨特的戲劇手法予以詮釋，台灣戲劇學者于善祿稱譽李國修的《婚外信行為》比英國劇作家哈洛品特（Harold Pinter，1930-2008）的《情人》還要深沈，藝術技巧更高超。

為向莎士比亞致敬，李國修將經典悲劇《哈姆雷特》改編成爆笑喜劇《莎姆雷特》。台灣莎士比亞學權威彭鏡禧教授評譽：「李國修用他縝密的頭腦，幾乎是以數學概念在精算《莎姆雷特》每個場次的角色上下進出，將一齣大悲劇顛覆成喜劇，這當中的編劇技巧相當高超。」而改編自陳玉慧原著小說的《徵婚啟事》，探討都會女性的婚姻態度，也挖掘現代男人的寂寞，李國修更在台上一人分飾二十個應徵男子，挑戰表演的極限；此外，李國修也以眷村故事探討庶民記憶，改編原著張大春小說的《我妹妹》，並入選為中國時報年度十大表演藝術。

李國修認為，在這無限想像的劇場黑盒子裡「空間不存在、時間無意義」，他也認為劇場是造夢的場域，因而在許多作品裡，李國修讓觀眾對舞台空間有嶄新的視覺體驗。1994年《西出陽關》舞台上呈現磅礡大雨的視覺特效；2002年《北極之光》的雪地極光幻化場面；2003年《女兒紅》百位演員同台、爆破場面震撼人心；2005年《好色奇男子》三千顆燈泡，營造萬點星光搖曳生輝的壯闊場景；2008年《六義幫》全劇超過五十個場次、一百一十五個角色，全場不暗燈，舞台呈現電影蒙太奇般的場景流動。

此外，李國修的戲劇文本繁複巧妙，不但角色人物面貌多端，而情節內容更是幾條主線同時進行，最後在重疊相交時，戲劇張力便達到不可預期之最高潮。所以，李國修獨特的舞台劇風格，總能在觀眾笑聲中抓緊時代脈搏，在娛樂中顯現省思的功能。

李國修對劇場的熱情不僅止於反應在屏風表演班的作品上，他對於提攜演員，更是不遺餘力。其中表現傑出的有：郭子乾（第卅八屆金鐘獎最佳主持人）、曾國城（第四十一屆金鐘獎最佳主持人）、楊麗音（第四十一屆金鐘獎最佳女主角）、林美秀（第四十六屆金鐘獎迷你劇集最佳女主角）、樊光耀（第四十屆金鐘獎單元劇最佳男主角）、萬芳（第卅九屆金鐘獎最佳女主角）、黃嘉千（第四十四屆金鐘獎最佳女配角）等，這不僅使李國修成為金鐘獎頒獎典禮上，最多得獎者感謝的對象外，更讓「屏風表演班」等於「屏風鍍金班」的名號不脛而走。

近年來，李國修致力深耕表演藝術，曾至台北藝術大學、台灣大學、靜宜大學、台南大學開設專業戲劇課程，也受邀至政治大學、中山大學、成功大學、東華大學、海洋大學、世新大學、清雲科技大學等校擔任駐校藝術家，並走訪各地進行超過千場以上的表演藝術講座。

李國修的作品記錄台灣環境的變遷與時代流轉，為這片土地留下了豐富的戲劇人文面貌。他以戲劇表達對生活的態度、生命的情感，亦期待觀賞者能從中獲得自我省思，這即是李國修致力推動的劇場理念 ──「看戲修心，演戲修行」。

重要獲獎記錄

1997年，獲頒「第一屆國家文化藝術基金會文藝獎戲劇類」得主。

1997年，以《三人行不行》系列劇本創作獲頒「第三屆巫永福文學獎」。

1999年，由紐約市文化局、林肯中心、美華藝術協會共同頒予「第十九屆亞洲傑出藝人金獎」。

2006年，由台北市文化局頒予「第十屆台北文化獎」。

2011年，以《京戲啟示錄》劇本創作獲頒「第卅四屆吳三連文學獎戲劇劇本類」得主。

2012年，由上海現代戲劇谷「壹戲劇大賞」頒予「戲劇精神傳承獎」。

其他出版作品

2004年，《人生鳥鳥》，台北：未來書城。

2011年，與妻子王月共同出版《119父母》，台北：平安出版社。

屏風表演班
一個台灣的藝術奇蹟

1986年10月6日，當時家喻戶曉的電視喜劇演員李國修，因早年出身劇場仍不忘對舞台的熱愛，藉「一群戲子伶人，無處不劇場，甚以屏風界分為台前台後，都可經由台上的演出，反映台下的生活」為草創理念，成立了屏風表演班。團長李國修將自家位於台北景美十坪地下室的房間作為排練場，在狹小空間裡，演員常常走位時，不小心走上了床，踩上了書桌……

屏風表演班第一個創團作品《1812 & 某種演出》就是在這種拮据的環境下排練出來的。這齣戲在演出結束後，只有七十六個人留下了他們的資料，成為第一批的屏風之友。回首廿餘年漫長的劇場路，屏風之友的人數已逾十五萬人次，觀賞過屏風作品的觀眾，更是已超過一百四十二萬人次。

屏風作品的多元特色

屏風表演班共發表四十回作品，演出類型涵蓋喜劇、悲劇、或融合傳統京劇、流行歌舞、魔術科幻等戲劇形式，呈現多元風貌；關懷層面遍及人際關係、歷史探索、老兵議題、政治情勢、民生現況、家庭情感等生活息息相關的社會議題。

在藝術總監李國修的帶領下，屏風的作品富有嚴謹的結構與解構手法、多重時空的跳躍敘事、演員一人分飾多角表演的豐富性，以及講究多變佈景的舞台美學等，造就屏風作品呈現不同於其他劇團演出形式的最大特色。

此外，屏風表演班並有「系列作品」的創建，其中包括《三人行不行》I～V城市系列作品；風屏劇團三部曲《半里長城》、《莎姆雷特》、《京戲啟示錄》；以及社會議題系列《民國76備忘錄》、《民國78備忘錄》、《西出陽關》、《救國株式會社》；家變系列《黑夜白賊》、《也無風也無雨》、《我妹妹》；兩性關懷系列：《徵婚啟事》、《未曾相識》、《婚外信行為》、《昨夜星辰》；台灣成長系列《港都又落雨》、《蟬》、《北極之光》、《六義幫》等。

而為長期營運的考量之下，屏風規劃每五年為一期，推出屏風「定目劇」的定期巡演。將屏風歷年叫好叫座的好戲，每隔五年，重新賦予新意，讓未曾看過屏風作品的觀眾感受經典的魅力，也讓看過的朋友再次感動回味。1988年首演的《西出陽關》於1994年重製演出，是屏風表演班第一齣以定目劇形式巡演的經典劇碼。

劇場永續經營的先行者

屏風表演班以建制全職專業劇團為目標，以永續經營為理念，以推廣表演藝術為己任。在藝術總監李國修的堅持下，每年至少推出兩部作品，內容為全新創作或定目劇經典再現。維持團務常態性運作和製作新戲的經費，百分之九十二來自票房收入，其他由文化部、國家文化藝術基金會、各縣市文化局處等的贊助。屏風已是台灣少數能「以戲養戲」自食其力的劇團。

為促進藝術交流多元化，屏風表演班於1996年首創民間劇團主辦演劇祭，連辦五屆（1996~2001年）獨立出資邀請香港進念・二十面體、新加坡必要劇場、日本Pappa TARAHUMARA劇團等抵台演出，同時也提供演出經費給予有潛力的國內表演團體（如：莎士比亞的妹妹們的劇團、台北曲藝團、神色舞形舞團等）。一方面活絡台灣表演藝術環境，另一方面，亦促成對國際藝文交流的貢獻。

除各城市劇場的大型演出之外，屏風也不定期舉辦各種與戲劇相關的活動，致力藝文推廣。2007年開始，以「小戲大作」之概念，將歷年受歡迎的經典小劇場劇碼，推行至各大校園、機關團體與公司行號，在各地常態性巡演。爾後，更精緻化推出「藝饗巴士」專案系列活動，結合演講、表演課程、藝術行銷講座、劇場幕後導覽等戲劇延伸活動，建構大眾與藝術之間的互動橋樑。

屏風出品，台灣驕傲

全球化來臨的時代，屏風堅信「local is global」的概念，以心用情寫台灣這塊土地上的人事景物情，在作品中反應社會現象，掌握城市脈動，以台灣人的觀點與創意來詮釋這個世界，讓屏風的作品更兼具現代與本土兩種特色，成為華人地區重要的演出團隊。

第十七回作品《救國株式會社》受邀前往紐約，屏風於1992年初次踏上世界舞台，在僑界掀起一陣狂瀾；1994年《莎姆雷特》應上海現代人劇社邀請參加「一九九四上海第二屆國際莎劇節」，成為台灣第一個在大陸登台的現代劇團；1995年《半里長城》與洛杉磯華人戲劇社團「伶倫劇坊」合作，這是第一個在台美兩地同步演出的劇目。

1996年《莎姆雷特》受邀至世界五大古蹟劇場之一的加拿大多倫多「安省國家劇院」演出，成為第一個登陸加國的台灣劇團；同年，《半里長城》再受香港市政局主辦之「第十六屆亞洲藝術節」邀請，在香港大會堂演出，亦是台灣第一個受邀的現代戲劇團體；2007年，《莎姆雷特》受邀至大陸，參與「第七屆相約北京」演出，票房一掃而空，並獲演出謝幕時，現場全體觀眾起立鼓掌八分半鐘的成績。

2008年初，屏風應北京國家大劇院「開幕國際演出季」之邀請，再度前往演出《莎姆雷特》，成為該院第一個受邀演出的台灣現代戲劇團體。2010年應上海世博「兩岸城市藝術節－臺北文化周」邀請，以《三人行不行》締造謝幕時全場起立鼓掌長達五分五十八秒記錄，旋即趕赴北京參與「2010京台文化節」巡迴演出。2011年12月，《京戲啟示錄》首度在上海演出，令台下觀眾無一不受其巨大震撼與感動。

2010年11月，屏風表演班改編魯凱族「巴冷傳說」浪漫優美的人蛇戀愛情神話，為「2010臺北國際花卉博覽會定目劇」打造原創魔幻歌舞秀《百合戀》，動員百人，建構台灣第一座升降式水舞台（寬十米、深九米），瞬間轉換地面及湖水場景，不禁令人歎為觀止。《百合戀》連演一百九十六場，創下全台三十萬人次觀賞記錄，成績斐然！

放眼過去，屏風從觀眾席只有一百個座位的小劇場，走上現今的世界舞台，成為台灣當代最具代表性的現代戲劇團體之一，不容忽視的是，屏風作品不僅堅持「台灣製造」，並具有原創性、娛樂性與藝術性，可謂「屏風出品，台灣驕傲」！

時至今日（2013年3月），屏風表演班已陸續完成1,692場次的演出，歷年作品巡迴超過海內外二十二個城市，觀眾人數累積至1,427,782位，這是個驚人的紀錄。在藝文環境未臻成熟的台灣，屏風表演班仍能在作品裡持續展現高度藝術成就與穩定的票房收入，這絕對是一個「台灣的藝術奇蹟」！

李國修戲劇作品集與屏風表演班作品關係表

李國修戲劇作品集出版序號	創作年份	書名/劇名
01	1989	《半里長城》
02	1992	《莎姆雷特》
03	1996	《京戲啟示錄》
04	2003	《女兒紅》
05	1987	《三人行不行Ⅰ》
06	1988	《三人行不行II－城市之慌》
07	1993	《三人行不行III－OH！三岔口》
08	1997	《三人行不行IV－長期玩命》
09	1999	《三人行不行Ｖ－空城狀態》
10	1987	《婚前信行為》
11	1988	《民國76備忘錄》
12	1988	《西出陽關》
13	1988	《沒有我的戲》
14	1989	《民國78備忘錄》
15	1990	《港都又落雨》
16	1991	《救國株式會社》
17	1991	《鬆緊地帶》
18	1991	《蟬》
19	1993	《徵婚啟事》
20	1994	《太平天國》
21	1997	《未曾相識》
22	1999	《我妹妹》
23	2001	《婚外信行為》
24	2002	《北極之光》
25	2005	《好色奇男子》
26	2005	《昨夜星辰》
27	2008	《六義幫》

英文譯名	屏風表演班演出序號
'he Half Mile of The Great Wall	第十一回作品
;hamlet	第廿回作品
\pocalypse of Beijing Opera	第廿五回作品
Vedding Memories	第卅四回作品
'art I of Can Three Make It：Not Only You And Me	第三回作品
'artⅡof Can Three Make It：City Panic	第九回作品
'art Ⅲ of Can Three Make It：Oh! Three Diverged Paths	第廿一回作品
'art IV of Can Three Make It：Play Hard	第廿七回作品
'art V of Can Three Make It： Empty City	第廿九回作品
'remarital Trust	第二回作品
Memorandum of 1987, Republic of China	第五回作品
'ar Away from Home	第六回作品
\ Play Without Me	第七回作品
Memorandum of 1989, Republic of China	第十三回作品
Rainy Days in Port City, Again	第十五回作品 暨高雄分團創團作品
Nation Rescue LTD.	第十七回作品
The Twilight Zone—Back to Tang Dynasty	第十八回作品
Cicada	第十九回作品
The Classified	第廿二回作品
The Kingdom of Paradise	第廿三回作品
Are You The One	第廿六回作品
My Kid Sister	第卅回作品
Extra-Marital Correspondence	第卅一回作品
The Aurora Borealis	第卅三回作品
Legend of a lecher	第卅五回作品
Last Night When The Stars Were Bright	第卅六回作品
Stand by Me	第卅八回作品

徵婚啟事

發行人	李國修
作者	李國修
責任編輯	林佳鋒
美術編輯	北士設計
文字編輯	謝佳純／洪子薇
文字校對	黃毓棠／黃致凱
美術執行	吳宜珊
出版	印刻文學生活雜誌出版有限公司｜INK Literary Monthly Publishing Co., Ltd. 23586新北市中和區中正路800號13F-3 Tel 02-2228-1626 Fax 02-2228-1598 http://www.sudu.cc ink.book@msa.hinet.net
印刷	海王印刷事業股份有限公司
發行	成陽出版股份有限公司 Tel 03-358-9000 Fax 03-355-6521 郵政劃撥 19000691 戶名 成陽出版股份有限公司
港澳總經銷	泛華發行代理有限公司 香港筲箕灣東旺道3號星島新聞集團大廈3樓 Tel 852-2798-2220 Fax 852-2796-5471 http://www.gccd.com.hk
出版日期	2013年5月 初版
定價	NT$ 200

屏風表演班 Ping-Fong Acting Troupe
11661 台北市文山區興隆路四段111號B1
B1,No111,Hsing-Lung Rd.Sec.4,Taipei City 11661,Taiwan
Tel 02-2938-2005 Fax 02-2937-7006
http://www.pingfong.com.tw pingfong@pingfong.com.tw

國家圖書館出版品預行編目資料

徵婚啟事／李國修 著
初版 - - 新北市：INK印刻文學：2013.05
232面；14.8 × 21 公分--（李國修戲劇作品集；19）
ISBN 978-986-5933-85-2（平裝）
854.6 102004730

如有破損缺頁請寄回更換